KB273266

용^庸을 용^用하다

용을 용하다

지은이 | 구경모 외

초판 발행 | 2025년 5월 15일

펴낸이 | 신중현
펴낸곳 | 도서출판 학이사

출판등록 | 제25100-2005-28호
대구광역시 달서구 문화회관11안길 22-1(장동)
전화 _(053) 554-3431, 3432 팩시밀리 _(053) 554-3433
홈페이지 _ http://www.학이사.kr
이메일 _ hes3431@naver.com

ISBN _ 979-11-5854-565-9 03800

庸[용] 之用[용] 하다

구경모
김교영
김미영
박미애
배서현
육은숙
이동우
임선우
조대희
하나영

學而思 | 학이사

독서는 영혼의 양식을 먹는 것이다

'성인 유아'란 말이 있다. 육체는 성인이지만 정신은 아직 미숙한 어린이와 같다는 말이다. 사람에게 가장 중요한 것은 육체적 건강이다. 하지만 이에 못지않게 중요한 것이 정신건강이다. 정신이 성숙하지 못하거나 병들면 몸 역시 어떠한 역할도 하지 못한다.

독서를 마음의 양식이라고 했다. 독서를 통해 정서적 안정과 건강한 삶을 영위할 수 있기에 생긴 말이다. 곧 독서는 내 영혼이 양식을 먹는 일이고, 서평은 그 양식을 꼭꼭 오래 씹어 건강하게 먹는 것에 비유할 수 있다. 이러한 사실을 깨닫게 되니 큰 부자가 된 느낌이다.

수불석권 하려고 애썼다. 하지만 독서를 내 마음의 양

식으로 만들지 못했다. 서평 쓰기를 공부하면서 비로소 독서로 마음의 양식을 삼게 되었다. 아직은 흉내만 낼 뿐, 서툴다. 배운 대로 책을 읽고, 그 느낌을 적어나가면 언젠가는 완전한 독서를 즐길 수 있는 날이 오리라 믿는다.

눈으로 읽고, 입으로 읽고, 머리로 읽고, 가슴으로 읽는 법을 익히고 있다. 중요한 것은 밑줄을 치고 더 중요한 것은 여백에 기록했다. 그 시간의 결과물을 함께 읽고 공부했던 학이사독서아카데미 10기 회원들의 서평집 『庸을 用하다』를 출간하게 되었다.

퇴근 후에 늦은 시간까지 피곤함을 참고 함께 공부한 학이사독서아카데미 10기 회원들에게 칭찬과 감사의 마음을 전한다. 오랫동안 함께 책을 읽는 동반자로 살아가게 될 것이다. 오늘을 만들어 준 문무학 원장님과 선배 강사님들, 기회를 만들어 준 학이사가 진심으로 고맙다.

2025년 5월

학이사독서아카데미 10기

회장 구경모

문학

나에게 책이란 _ 나그네 인생에게 길 안내자(네비게이션)이다

목적지는 분명히 있지만 그 목적지를 무턱대고 찾아가는 것은 아니다. 길 안내자의 안내가 꼭 필요하다. 나그네 인생길에 책은 내가 가고자 하는 길을 안내해 준다.

— 구경모

나에게 책이란 _ 무용지용(無用之用)이다

사람들은 "아직도 시나 소설 따위를 읽느냐"고 묻는다. 그 질문은 '실리와 실용에서 비껴난 일에 왜 시간을 쓰느냐'는 의미를 품고 있다. 내가 읽는 책들은 돈이 되지 않는다. 생활에 도움이 되는 정보도 없다. 그래서 무용하다.

책은 나를 다른 세계로 데리고 간다. 현실에서 못했던 일을 이뤄주고, 마음에 담아뒀던 이야기를 대신 해준다. 책은 불의를 무너뜨리는 쾌감을 준다. 모순된 세상에서 상처 받는 삶을 보여주면서 나를 위로한다. 책은 나의 세계관을 넓혀준다. 그래서 유용하다.

— 김교영

나에게 책이란 _ 복합 쇼핑몰이다

나의 현실적 불만족과 내적 욕구를 다른 곳으로 눈을 돌리게 하고 다양한 즐길 거리를 제공한다. 거기서 나는 쉬기, 생각하기, 느끼기, 구경하기를 하며 나만의 자양분을 섭취한다.

책은 자주 찾아오지도 않는 손님인 나를 언제든지 항상 반기는 쇼핑몰과 같다.

— 김미영

나에게 책이란 _ 미지의 세계로 들어가는 문이다

문 앞에 설 때마다 이번에는 어떤 세계가 펼쳐질까, 어떤 사람을 만날까 설렘을 안고 손잡이를 돌린다. 문을 열고 한 세계를 통과할 때마다 이전보다 더 나은 사람으로 성장한 나를 확인한다. 내가 사는 세상을 좀 더 괜찮은 곳으로 만드는 데 작은 힘이라도 보태고 싶은 소망을 품게 된다. 문은 헤아릴 수 없이 많고, 언제 어느 곳에서든 그 문을 열 수 있어 행복하다.

— 박미애

나에게 책이란 _ 새로운 삶이다

책을 읽으면서 내가 경험하지 못한 삶을 살고 있다. 『월든』을 읽으면서 나는 월든 호숫가의 숲속에 집 한 채를 짓고 살아가는 헨리 데이빗 소로우도 되어 보고, 『코스모스』를 읽으면서 목성에도 가 보았으며, 『그리스 로마 신화』를 읽으면서 신들의 삶도 살아 보았다. 매일 같은 삶을 살던 나의 지루했던 삶이 풍성해지고 가득 채워지는 것 같다.

— 배서현

나에게 책이란 _ 벗이다

고전의 과거에 대하여 깊이 알고 지혜를 배우며 삶을 변화시키기 위하여 읽고 정독하며 나는 실천한다.

책은 거미줄과 같이 창의적인 생각을 낳게 하고 숙독을 통하여 삶의 기술을 습득하게 해주었으며 간접경험을 가져다주었다.

무엇을 할까 고민할 때도, 창작할 때도 많은 자료를 제공해 주었다. 책은 언제나 설렘이 있고 궁금하다. 그러므로 책은 나에게 오늘이라는 현실을 살 수 있도록 안식처를 제공해 주고 키워준 벗과 같은 존재이다.

– 육은숙

나에게 책이란 _ 친구다

'가깝게 두고 오래 사귀어 온 벗' 친구의 사전적 의미이다.

신뢰하고 존중하는 마음으로 함께, 때론 서로 비판하고 생각하게 하는 친구와 책은 많이 닮은 느낌이다. 책에서 위로와 안내를 받는다. 내 자신과 소통하게 하는 최고의 친구다.

– 이동우

나에게 책이란 _ 숨 쉬는 대지(大地)이다

대지의 사전적 의미는 "대자연의 넓고 큰 땅"이다.

뜻밖에 세상사 가늠할 수 없는 회색빛 아래에서도 둥글고 모날 것 없는 맑은 가르침을 오롯이 내가 품고 살아가게 해주니 말이다. 대한민국에서 바다와 접할 수 없는 내륙, 충청북도 가운데 위치한 아름다운 괴산군의 구릉지대에서 태어나 성장하고 떠나온 나이기에 그렇게 정의를 내릴 수 있다.

– 임선우

나에게 책이란 _ 그녀는 나의 책

내게 있어 그녀는 둘도 없이 소중한 존재다. 하지만 나는 그녀에게 아무것도 해준 게 없다. 슬프거나 괴로울 때 조용히 다가와 위로해주고 삶의 의미를 가르쳐 주었다. 살아 있어서 기뻐할 때는 더 행복하게 해주었다. 그녀가 내 인생의 갈림길에서 함께하며 삶을 풍요롭게 하고 문제를 풀어 준 것처럼 나도 누군가에게 그런 존재가 되리라.

- 조대희

나에게 책이란 _ 새로운 창조의 연료이다

나에게 책은 배움의 시작과 지식의 확장이며 모방과 편집으로 생산될 수 있는 새로운 창조의 연료이다. 나는 책을 통해 세상의 다양한 지식을 배우고, 타인의 삶을 간접적으로 경험하며 타인의 감정을 이해하기도 하고 새로운 사고를 경험하기도 하였다.
결과적으로 지금 내가 써내려가는 모든 의미를 가진 문장들은 책을 통해 체득한 경험과 지식들이 내 머릿속에서 다양한 방식과 모양대로 편집하여 모방한 산물일 것이다. 아는 만큼 모방할 수 있다고 생각하기 때문에 나에게 있어 책은 새로운 창조의 연료인 것이다. 모방을 통해 재생산된 결과물은 글쓰기 연습을 통해 편집의 기술이 발전하면서 모방에서 창조로 변화해 간다고 생각한다.

- 하나영

문학

욕망의 삼중주

『돈, 섹스, 권력』, 리처드 포스터
김영호 옮김, 두란노서원

구 경 모

　돈. 섹스. 권력은 우리 모두와 깊게 관계되어 있다. 이것을 초월하고는 살 수 없는 것이 인간이다. 돈이 있으면 섹스와 권력을 얻을 수 있다. 또한 젊고 아름다운 사람은 섹스를 이용하여 돈과 권력을 얻을 수 있다. 권력이 있으면 돈, 섹스를 얻을 수 있다. 돈, 섹스, 권력은 인간 삶의 필수적 "욕망의 삼중주"라고 생각할 수 있다.

　저자 리처드는 미국 캔자스주에 있는 프렌즈 대학교 신학 교수이다. 역자 김영호는 월간 "빛과 소금" 편집장을 역임했다. 프리스턴 대학교에서 기독교 윤리학 석사이며, 에모리 대학교에서 철학박사를 받았다.

저자가 이 책을 쓰게 된 동기는 돈, 섹스, 권력처럼 우리와 깊은 관계가 있으면서도 "세속적"인 문제로 들리는 것을 통해 우리가 성스러운 땅을 밟고 있다는 사실을 느끼도록 돕고자 해서였다. 돈, 섹스, 권력에 관계를 맺고 살면서도 올바르게 살아갈 수 있다는 것을 의미한다.

가톨릭교에서 신부나 수녀가 되려고 하면 돈, 섹스, 권력에 대하여 초연超然하기 서약을 한다. "돈에 관한 청교도들의 응답은 근면에 강조한 것에서 찾아볼 수 있다."(P.14)

돈은 우리의 삶에 꼭 필요한 것이다. 하지만 돈에 대한 지나친 욕심은 관계를 파괴하고 위험에 처하기도 한다.

"돈의 밝은 면이 있다." 돈이 하나님 관계, 인간관계까지 증진시킬 수 있다. 복음 전하는 일이나 가난하고 병들고 소외된 자를 돕고, 선한 일을 하고자 하는 정신을 가지고 남에게 베풀고 도와주면 돈은 좋은 것이다.

"돈의 어두운 면은" 탐욕을 지향하는 폭력을 낳는다. 돈 때문에 사람을 죽이는 일이 있다. 돈이 사람과 관계를 위협하기도 한다. 돈은 존경의 대상이 아니라 생활의 필수품으로 정복해야 한다.

"돈은 부정적인 측면은 필연적으로 탐욕을 지향하며 탐욕은 복수의 폭력을 낳는다. 반대로 긍정적인 면은 결국은 관용으로 인도하며 관용은 아량과 평화를 낳는다."(P.102)

기독교 역사상 참으로 비극적인 현상 가운데, 하나는 성과 영성이 나누어진 것이다. 이점은 성경이 인간의 성에 관하여 그토록이나 커다란 축복으로 보고 있기에 더욱 비극적인 현상이다.(P.105)

성경은 인간의 결혼을 "남녀 두 사람이 하나 되는 것이다."(마 19:5)

솔로몬의 아가서는 성애를 아름답게 들여다볼 수 있는 멋진 창문이 아닌가! 생각된다.

첫째는 사랑의 강렬함이다. "내가 사랑함으로 병이 났음이니라."(아 2:5)

둘째는 강력함과 절제의 조화이다.(6:3.8)

신랑은 자기의 신부를 "잠근 동산이요 덮은 우물이라"

라고 표현한다.(아 4:2) 신부는 일시적인 성에 대하여 거절한다. 그러나 결혼 첫날밤이 되자, 그때에 소리 높여 "북풍아 일어나라, 남풍아 오라! 나의 동산에 불어서 향기를 날리라."(아 4:16)

셋째는 성숙한 사랑이다. "남자는 주체적이고 여자는 수동적이 아니다. 양자는 모두가 주체적이고 서로가 모두 수동적이다."(P.111)

남녀가 결혼하는 것은 두 사람이 하나가 되는 것이다. 두 몸이 하나가 되는 것은, 성생활을 통하여 실감하게 된다. 남성과 여성이 하나가 되는 것은 한 폭의 그림을 보는 것 같다.

넷째는 사랑의 영원함이다.

"이 사랑은 많은 물이 거치지 못하겠고. 홍수라도 엄몰 못하나니 사랑은 온 가산을 다 주고, 사랑과 바꾸려 할지라도, 오히려 멸시를 받으리라."(아 8:7)

성경은 성을 찬미하고 있지만 또한 주의를 주고 있는 사실이다. 바로 타락적인 성의 측면이다. 성에 대한 오해가 만들어져 있다. 왜곡된 성의 한 형태이다.

“외설은 산업주의가 주는 하나의 특색이다. 이 세계는 환상의 세계이다. 교묘히 속여서 미혹하는 가공의 꿈나라일 뿐이다. 외설은 장삿속 안에 있는 성은 너무나 미끄럽고 훌륭하여 황홀하기까지 한다. 그러나 현실 속에 성은 달콤함과 역겨움, 사랑과 피곤함, 그리고 황홀경과 실망이 함께 뒤섞여 있다.”(P.117)

이 환상의 세계를 신봉하게 되면 현실 세계의 약점은 보지 않고 완벽한 환상의 세계만 추구하기 시작한다. 이러한 신념은 자신도 가정도 망치는 심각한 상태에 이르게 된다.

“성은 마치 원래의 수로를 따라 흐르는 넓고 깊으면서도 유익한 커다란 강과도 같다. 그러나 강물이 둑을 넘게 되면 파괴적으로 되듯이 성생활도 한계를 지나쳐 버리면 역시 파괴적이다.”(P.125)

따라서 가능한 우리들의 성생활에 주어진 한계를 명확히 규정해 주며 넓고도 깊은 성의 흐름대로 자연스럽게 생활하도록 방향을 잡아주는 능력의 한도에서 모든 것을 할 수 있게 하는 것이 우리들의 과제이다.

돈은 우리의 삶을 위협하고, 성은 부부 관계를 위협하는 것이며, 권력은 대인관계를 위협하는 것이 된다. 권력은 파괴도 줄 수 있고, 창조도 일으킬 수 있다. 파괴적인 권력은 지배하고자 할 때에 일어난다.

"파괴적인 권력은 성격과 오만 사이에 밀접한 연관이 있다."(P.199) 권력이 오만과 짝을 이루게 될 때 위험하다. 권력은 정부로부터 얻는다. 권력으로 부당한 재물을 요구하거나, 부당한 성(Sex)을 요구할 때, 그것이 지나치면 자신도 파괴되고, 상대편도 파괴된다.

권력에는 파괴적인 권력도 있는 동시에 창조적인 권력도 있다.(P.199) 창조적인 권력은 생명과 기쁨 그리고, 평화를 준다. 그뿐만 아니라 관계를 소생시키며, 모두에게 온전성을 선물해 준다. 우리 모든 사람은 권세의 지배 아래 있으며 또한 다른 사람에게 권력을 행사하고 있다. 파괴적이고 지배하는 권세를 택하느냐 이끌어 주고 해방시켜 주는 권력을 택하느냐 선택에 따라 행불행이 결정된다.

이 책을 통해서 깨달은 진리는 돈, 섹스, 권력은 우리

생활에 밀접한 관계가 있다는 것이다. 이것은 좋은 것도 아니고 나쁜 것도 아니다. 다만 선하게 사용하면 선한 것이 되고, 악한 것에 사용하면 악이 되는 것이다. 행복과 불행은 돈, 섹스, 권력을 어떻게 사용하느냐 따라 결정된다. 우리는 이것을 조종 잘하며 필요에 따라 적절하게 사용해야 한다.

여수麗水/旅愁, 떠도는 자들의 귀로
『여수의 사랑』, 한강, 문학과지성사

김 교 영

한강이 대한민국 최초로, 아시아 여성 최초로 노벨문학상을 받았다. 한강의 노벨문학상 수상은 척박한 우리나라 독서 문화에 자극제가 됐을 것이다. 책을 멀리하던 사람들도 이참에 한강의 소설 한 권쯤, 혹은 다른 작가의 시나 소설 한 두 권쯤 읽었으리라. 노벨상 심사위원회는 한강의 작품을 "역사적 트라우마에 맞서고 인간 삶의 연약함을 폭로하는 강렬한 시적 산문"이라고 평가했다. 시詩적 산문散文이라니? 아마 소설의 문장이 시와 같다는 뜻일 것이다. 한강 소설의 문장은 유별나다. 은유, 상징,

함축이 가득하다. 한강의 소설이 어렵게 다가오는 이유다. '한강'의 독법은 정독精讀이다. 문장 하나, 구절 하나, 단어 하나를 꼭꼭 씹어가며 읽기를 권한다. 그러면 풍경과 인물의 내면이 그림처럼 뚜렷해진다.

"어둡고 더러 반항적이었던 그 시기를 빠져나올 때쯤, 나는 옛 친구들이 놀랄 만큼 내성적인 성격이 되어 있었다. 아무리 가슴에 품고 몸부림쳐도 해결되지 않았던 그 의문들(나는 누구인지, 사람은 어디에서 와서 어디로 가는지, 왜 살아야 하고 왜 죽어야 하는지 따위)에 대한 대답으로서가 아니라, 다만 질문을 던지는 방법으로서 글을 쓰고 싶다는 생각을 하게 된 것은 그 즈음이었다."(한강의 문학적 자서전 「기억의 양지」 중에서)

한강 소설은 삶과 세상을 향한 물음에 닿아 있다. 그는 30년 동안 '상처'와 '인간의 연약함'을 주목했다. 노벨문학상을 받으면서 주목받은 『채식주의자』, 『희랍어 시간』, 『소년이 온다』 등이 모두 그렇다. '오늘의 한강'을 이해하려면, '어제의 한강'을 만나야 한다. 『여수의 사랑』(1995년 초판 발행)은 20대 한강이 쓴 단편들을 묶은 첫 소설집이다. 이 책은 한강 문학의 뿌리라고 할 수 있다.

『여수의 사랑』은 달콤한 사랑 이야기가 아니다. 그 사랑은 어둡고, 고통스럽고, 슬프다. 사랑의 대상은 연인戀人이 아니라, 자신이다. 작가가 그린 삶과 세상은 파릇파릇하지 않다. 희망 없는 청년들의 것이다. 모두가 힘없고, 시들고, 지쳐있다. 살 만큼 살아본 사람들의 시선으로 사랑을 대면한다. '청년 작가'는 왜 삶을, 세상을 그토록 무겁게 표현했을까. 민주화를 이뤘고, 물질이 풍족한 1990년대의 대한민국을. 6편의 소설을 읽어보면, 의문은 풀린다.

6개 단편의 등장인물들은 모두 고통받는 자들이다. 「질주」의 인규는 어릴 때 동생이 동네 아이들에게 맞아 죽는 것을 목격했고, 그 책임이 자기에게도 있다고 생각한다. 「야간열차」의 동걸은 자신 때문에 식물인간이 된 쌍둥이 동생을 보며 자책하며 살아간다. 「어둠의 사육제」의 명환은 교통사고로 아내와 딸을 잃고 괴로워하다가, 결국 목숨을 버린다. 「붉은 닻」의 동영은 술에 취한 아버지가 바다에 빠져 죽은 후 떠돌기만 한다.

표제작인 「여수의 사랑」은 정선과 자흔의 이야기다. 정선은 결벽증이 심해 룸메이트를 구하기도 힘들다. 동거인들은 정선의 지나친 결벽증에 진저리를 치고 떠난다. 그러다 함께 살게 된 자흔. 자흔은 정선이 토악질을 할 때도 보살펴준다. 데면데면하던 두 사람은 말문을 연다. 자흔은 고향이 여수라고 한다. 허나, 짐작일 뿐이다. 자흔은 두 살 무렵 강보에 싸인 채로 열차(여수발 서울행 통일호)에서 발견되었다고 털어놓는다. 정선의 고향은 여수다. 여수는 정선에게 깊은 상처를 준 곳이다. 어느 날 자흔이 사라진다. 정선은 다시는 가고 싶지 않던 여수로 향한다. 스토리는 단순하다. 특별한 '사건'이 없다. 극적인 '반전'도 없다. 그저 잔잔하게 이야기를 펼쳐놓는다. 작가는 하고 싶은 말을 물 밑에, 비바람 속에 숨겨둔다. 가끔 숨겨둔 것들을 슬그머니 내보인다. 안개 속을 더듬는 느낌, 한강의 소설을 읽는 재미다.

"여수, 그 앞바다의 녹슨 철선들은 지금도 상처 입은 목소리로 울부짖어대고 있을 것이다."(P.9) 표제작 「여수의 사랑」의 첫 문장이다. 지독하게 처연(凄然)하다. 시각(녹

슨 철선), 청각(목소리), 심리(상처)를 동원한 공감각적共感覺的
인 표현이다. 이 한 문장이 소설 전체를 대변한다. 감수
성 예민한 독자는 소설의 색깔을 짐작할 것이다.

　"……세상에 있는 모든 물은 바다로 흘러가고, 그 바다
는 여수 앞바다하고 섞여 있어요."(P.26) 자흔이 정선에게
혼잣말처럼 중얼거린 말이다. "다만 그녀의 지치고 외로
운 얼굴에 여수麗水 아닌 여수旅愁가 어두운 그림자를 끌
고 지나가는 것을 나는 보았다."(P.38) 정선이 자흔의 얼
굴에서 고단한 삶을 읽어낸다.

　문학평론가 김병익은 초판 해설에서 "'여수'? 그것은
바다를 끼고 있는 땅의 이름이고 또 그곳을 향해 떠나는
서러운 마음의 이름이다. 여수麗水는 여수旅愁를 부른다."
고 했다. 여수에 중의성重義性을 부여한 것이다. 여수는
정선에게는 떠났거나 쫓겨난 곳이다. 자흔에게는 고향으
로 여기는 그리운 곳이다. 세상을 떠도는 두 사람에게 여
수는 돌아갈 수밖에 없는 운명의 장소다. 여수는 사랑을
향한 갈망이다.

　"여수, 마침내 그곳의 승강장에 내려서자 바람은 오래

기다렸다는 듯이 내 어깨를 혹독하게 후려쳤다. 무겁게 가라앉은 잿빛 하늘은 눈부신 얼음 조각 같은 빗발들을 내 악문 입술을 향해 내리꽂았다. 키득키득, 한옥식 역사의 검푸른 기와 지붕 위로 자흔의 아련한 웃음소리가 폭우와 함께 넘쳐흐르고 있었다."(P.58)

마지막 문장은 첫 문장보다 선연하다. 첫 문장은 풍경의 처연함이다. 끝 문장은 정선에게 내리친 혹독함이다. 자흔은 여수를 그리워만 할 뿐이다. 그는 정작 그곳에 가지 못한다. 정선은 다시는 가지 않겠다던 그곳에 간다. 여수는 정선을 환대하지 않는다. 정선을 맞는 것은 어두운 하늘, 거센 비바람이다. 정선은 여수에서 상처를 맞닥뜨린다. 그것은 다시 살기 위해 거쳐야 할 의례儀禮일지 모른다. 절망을 절망해야 희망이 보인다. 아련하지만, 자흔의 웃음소리도 들린다. 고향과 끝없는 불화不和, 그것은 세상과 어긋남이다. 고통스러운 삶은 다하지 않았다. 세계의 끝은 어디인지 모른다. 그래도 견뎌내야 할 삶이고 세상이다. 한강은 그 물음을 던지고 있다.

1Q84? 이게 뭐지?

『1Q84』1, 2, 3
무라카미 하루키, 양윤옥 옮김, 문학동네

김미영

이 책을 처음 봤을 때 사전지식이나 정보가 없어 제목에서부터 의아했다.

1Q84? 뭐라 읽어야 하지? 책의 내용은 모르나 과거 명성을 들었던 기억과 베스트셀러였다는 그 유명세는 알고 있던 차에 무료 나눔으로 운 좋게 책을 받게 되었다. 책의 두께는 상당했으나 겨우 한 권이어서 읽어볼 만하다는 생각으로 장편 소설인지도 모른 채 이야기 속으로 들어갔다. 한 권인데 왜 장편소설이지? 하는 나의 무지로 시작한 장편소설은 세 권째에 이르러서야 책 읽기가

끝이 났다. 권마다 기본 500페이지 이상을 가뿐히 넘기며. 상당한 페이지 수에도 불구하고 판타지 영화 속으로 빠져들어 가는 몰입감과 고속도로를 달리는 속도감을 느끼며 순식간에 읽을 수 있었다. 중간 중간 비주류 탄산 캔 음료의 2% 맛없음과 김빠짐 현상 같은 몇몇 장애물을 마주한 것을 빼면 쾌속 질주했다.

하루키의 작품은 감각적이면서도 고요하며, 독특한 문체와 철학적인 내용으로 해외에서도 유명하다. 하루키는 특히 서구권에서 작품 대부분이 번역된 몇 안 되는 일본 작가이며, 대한민국 출판업계에서도 주요 출판사의 통계상 21세기 가장 유명한 일본 작가 중 한 명으로 꼽힌다. 1987년 발간된 『노르웨이의 숲』이 430만 부 이상 팔린 베스트셀러가 되면서 국내외적으로 무라카미 하루키 붐이 일어나게 되었다. 30대 후반부터는 세계 각지를 여행하면서 에세이를 많이 쓰기도 했다. 2015년 타임 선정 세계에서 가장 영향력 있는 인물 100인 Icon 부문에 선정되었다. 요미우리 문학상(1996), 프란츠 카프카 상(2006), 세계 환상 문학 대상(2006), 예루살렘 상(2009) 등 문학상을 수상했다.

　일본 지바현을 배경으로 두 주인공 아오마메와 덴고가 등장한다. 1984년. 수학학원 강사로 일하며 소설가 지망생인 덴고는 편집자 고마쓰를 통해 신인상 후보작 공기번데기라는 작품과 작품의 원작자 후카에리라는 소녀를 만난다. 그는 공기번데기의 리라이팅(rewriting) 작가로 참여하면서 선구라는 베일에 싸인 거대 종교단체와 그 단체를 이끄는 리시버(receiver) 역할을 하는 리더, 퍼시버(perceiver) 역할을 하는 어린 소녀들, 공기번데기와 리틀 피플의 존재, 초록색의 또 다른 달이 하늘에 떠 있는 의미를 알아가고 자신을 둘러싼 환경의 변화를 겪으며 그의 마음속 한편에 간직해 오던 아오마메에서부터 현실적 아오마메에게로 향해간다. 유명 스포츠센터의 트레이너이자 무예 전문가로 살아가고 있던 아오마메는 그녀에게 소중하고 몇 없는 절친들의 비참하고 비극적인 죽음으로 인한 복수를 시작으로 자연스레 킬러의 세계로 들어가게 되고, 베일에 싸여 있는 거대 종교단체의 리더(receiver)를 제거하는 계획에 참여한다. 노련한 솜씨로 리더를 살해

후 선구로부터 도피와 추적을 당하는 일련의 과정과 상황 속에서 마침내 둘은 재회하고 아오마메가 1984년에서 1Q84년으로 들어왔던 통로를 통해 탈출에 성공한 두 사람은 더 이상 두 개의 달이 아닌, 하늘에 떠 있는 하나의 달을 같이 바라본다.

1Q84 속에는 많은 아웃사이더들이 존재한다. 드러나거나 드러나지 않은 아웃사이더와 그들의 세계. 이야기를 위한 이야기지만 그들은 사랑을 갈구한다.

추한 소년은 세월이 흐름에 따라 성장하여 추한 청년이 되고, 어느새 추한 중년남자가 되었다.(3권. P.307)

어릴 적부터 비상한 머리와 실력은 있으나 지나치게 못생긴 외모 탓으로 가족 속에서도 관심과 사랑을 받지 못한 채 성장하고, 선구의 수장을 살해한 아오마메를 코앞까지 추적하는 비주류의 숨은 실력자이지만 또 다른 재야의 실력자 다마루에게 쥐도 새도 모르게 죽임을 당하는 비운의 우시카와를 묘사하는 문장이지만 너무나 비참하다. 비극적인 우시카와처럼 1Q84의 등장인물들은 결국은 다 외롭거나 어딘가로부터 소외된 존재들이다.

관심과 애정 어린 보살핌을 원했지만, 각자의 환경과 삶이 허락하지 않았거나 스스로 차단해야 하는 경우의 존재들이라 볼 수 있다.

소외되었던 고무나무에 대한 주인공 아오마메의 사랑을 살펴보자. 그녀는 그녀와 오랜 시간 함께 했지만, 언제 끝날지 모르는 도피생활에 가지고 다닐 수 없는 고무나무를 걱정한다.

그때 가게 구석에 놓인 고무나무가 눈에 들어왔다.

그런데 일단 남겨두고 떠나오자, 이제 더 이상 그걸 두 번 다시 볼 수 없다고 생각하자, 아오마메는 왠지 그 고무나무가 자꾸만 마음에 걸렸다. (2권. P.515~516)

아오마메의 고무나무처럼 나는 얼마 전부터 제라늄, 글록시니아, 몬스테라 등 몇몇 식물을 크고 작은 화분에 키우고 있다. 이 식물들의 작은 변화라도 알려면 내가 매일 자세히 들여다보고 관찰해야 어제와 다른 모습을 발견할 수 있다. 나도 모르는 사이에 관심과 애정을 들이고 있다. 그러다 작은 변화라도 발견하면 너무나 반갑고 내가 눈길을 못 준 사이에도 변화를 위한 노력을 하고 있었구나 하는 생각과 그 노력에 감탄한다. 하물며 사람은, 동물은, 살아서 움직이는 모든 생명체는 어떨까 싶다.

1Q84는 다양한 해석이 많지만 내게 핵심 메시지로 와닿은 단어는 사랑이다. 결국 모든 것은 관심과 사랑으로 귀결되고 시작된다. 마치 남성 듀오 해바라기의 〈모두가 사랑이에요〉라는 노래의 가사처럼.

인싸까지는 아니더라도 아웃사이더로 살고 싶은 사람은 없을 것이다.

모든 살아가는 것들은 관심과 사랑이라는 자양분이 필요하다. 이 궁극의 메시지를 전하기 위해 무라카미 하루키는 아이오메와 덴고를 중심으로 1Q84를 쓴 것이 아닐까 생각한다.

가볍지만 가볍지 않은 무게를 가진 1Q84는 무라카미 하루키라는 작가의 세계를 킬링타임 영화처럼 스릴 넘치면서 몽환적으로 즐길 수 있는 소설로 추천한다.

위태로운 갈림길에서
인간의 품위를 지키는 선택
『이처럼 사소한 것들』, 클레어 키건
홍한별 옮김, 다산책방

박미애

가족 중심주의는 이제 더 이상 우리에게 낯설지 않은 시대다. 옆집의 숟가락 개수까지 알 정도로 너와 나의 구분이 없던 시대는 '응답하라 1988' 같은 드라마에서나 추억해야 할 구시대의 유물이 되었다. "언제나 쉼 없이 자동으로 다음 단계로, 다음 해야 할 일로 넘어가며"(P.29) 살아가는 현실 속에서 똑같은 날들의 동어반복은 내 집 울타리 안 내 가족만을 바라보도록 우리의 시야를 좁혔다. 가족의 울타리를 넘어선 공동체의 일은 "우리와 아무 상관이 없고, 우리가 할 수 있는 일은 없는"(P.55) 것이

되어 버렸다. "사람이 살아가려면 모른 척해야 하는 일은 모른 척해야 계속 살"(P.56) 수 있다고 주변에서는 말을 맞춘 것처럼 말한다. 그러다 가끔은 "아내와 딸들 말고 또 뭐가 중요한 걸까"(P.44)를 생각하는 날이 있기도 하다. 『이처럼 사소한 것들』은 '할 수 있었는 데 하지 않은 일'(P.121)들을 돌아보게 하는 작품이다.

2023년 4월 『맡겨진 소녀』로 국내에 소개되면서 독자들을 단숨에 매료시킨 아일랜드 작가 클레어 키건의 대표작 『이처럼 사소한 것들』은 작가가 전작 『맡겨진 소녀』이후 11년 만에 세상에 내놓은 소설이다. 2022년에 정치적인 글을 예술로 승화시킨 작품에 수여하는 오웰상을 받고, 같은 해 부커상 최종후보에 올랐으며, 특히 부커상 심사위원회는 "아름답고 명료하며 실리적인 소설"이라는 평으로 이 소설에 찬사를 보냈다. 키건에게 세계적인 명성을 안겨준 이 책은 '역대 부커상 후보에 오른 가장 짧은 소설'로도 알려져 있다. 키건은 작품을 쓸 때 더할 말을 찾기보다 덜어낼 말이 무엇인가를 고민하는 작가라고 한다. 24년이라는 작가 생활 중 단 4권의 책만

냈다는 것만 보아도 짐작할 수 있듯이 키건의 작품은 다듬은 언어의 정수를 보여주며 마치 시적인 느낌을 주는 작품으로 평가받기도 한다. 간결한 문체, 미묘한 감정선, 강렬한 인상을 주는 작품을 읽다 보면 어느새 두 번째 읽고 있는 자신을 발견하게 된다.

1985년 아일랜드의 소도시 뉴로스, 지극히 평범한 삶을 살아가는 한 남자가 있다. 석탄 상인 '빌 펄롱'은 미혼모의 아들로 태어나 일찍이 고아가 되었으나, 미시즈 윌슨의 후원 아래 경제적 도움 및 정서적 지원과 네드 아저씨로부터 보살핌을 받고 자랐다. 그는 본인이 그저 '운'이 좋았음을 자각할 수 있는 사람이다. 나라 전체가 실업과 빈곤에 허덕이며 혹독한 겨울을 지나는 중이라 실업수당을 받으려는 사람들의 줄은 점점 길어지고, 전기요금을 내지 못해 냉골에 외투를 입고 자는 가정도 있다. 이런 현실에서 사랑하는 가족을 먹여 살릴 수 있는 직업이 있고, 딸들은 좋은 학교에 보낼 수 있으며, 따뜻한 침대에 누워 다음 날 어떤 일들을 처리해야 할지 생각하면서 하루를 마무리할 수 있는 이 삶이 특권임을 그는 잘 알고 있다. 그리고 이 안온한 일상을 언제든 쉽게 잃을 수 있다는 사실까지도 잊지 않고 살아간다.

크리스마스를 앞둔 어느 날 아침, 펄롱은 수녀원으로 석탄 배달을 갔다가 창고에서 한 여자아이를 발견하고 그곳에서 벌어지는 불법적인 사건의 정황을 목격한다. 그러나 '서로 돕지 않는다면 삶에 무슨 의미가 있나'(P.119) 하는 질문에까지 생각이 닿지만, 아내를 비롯하여 그를 둘러싼 세계는 평온하게 가정을 지키기 위해서는 무시할 것들은 무시해야 한다고 조언하며 그를 침묵하도록 만든다. 수녀원이 절대적 권력을 행사하는 마을에서 안락한 삶을 누리던 펄롱은 위험이 예견된 용기를 내야 할지 아니면 딸들과 가정을 위해 자신도 침묵해야 할지 깊은 고민에 빠진다. 그리고 그 위태로운 갈림길 앞에서 불안과 동시에 어떤 전율을 느끼며 마침내 그 소녀를 구출해서 나온다.

이 책에 나오는 막달레나 세탁소는 18세기부터 20세기 말까지 가톨릭교회에서 운영하고 아일랜드 정부에서 지원한 같은 이름과 명분의 여러 시설 가운데 하나다. '타락한 여성'들을 수용한다는 명분으로 설립했으나, 실제로는 죄 없는 소녀들과 여자들까지 마구잡이로 이곳에 수용했고, 교회의 묵인하에 착취했다. 70여 년간 자행되어 온 잔혹한 인권 유린에 대해 아일랜드 정부는 아무런 사죄의 뜻도 표명하지 않다가 2013년이 되어서야 뒤늦은 사과문을 발표했다. 동네 사람들은 세탁소의 실체에 대해 짐작하면서도 입을 다물고 높은 담 안에서 저질러지는 학대에서 눈을 돌린다. 수녀원으로 대표되는 세상은 너무 크고, 그 안의 어떤 존재들은 너무 작아서 자신을 드러내지 못하고 뒤에서 작고 소박한 사랑밖에 줄 것이 없다. 그러나 그 소박한 사랑은 헤아리기 어려울 만큼 클 수 있음을 미시즈 윌슨과 네드 아저씨가, 그리고 그 소박한 사랑을 받은 펄롱이 보여주고 있다.

"그 큰 집에서 연금 받으면서 편히 지내는 데다가 농장도 있고 일은 당신 어머니하고 네드가 다 해줬는데, 세상에서 자기 하고 싶은 대로 할 수 있는 몇 안 되는 사람 중 한 명 아니었냐고."(P.57)

수녀원에서 본 것을 이야기하는 펄롱에게 아내인 아일

린이 하는 말이다. 경제적 여유가 있는 사람이라야 남을 도울 수 있다고 생각하면서 이웃을 외면하는 자신을 합리화하는 아일린의 모습이 우리의 자화상을 보는 것 같았다.

"펠롱의 평범한 마음 한편에서는 그냥 모른 척하고 집으로 가버리고 싶은 생각이 들었다."(P.71)

그냥 모른 척하면서 집으로 가버렸던 과거의 일들이 떠오르면서, 펠롱의 마음이 충분히 이해되는 장면이었다.

"이런 생각을 한다는 자체가 특권임을 알았고 왜 어떤 집에서 받은 사탕 따위 선물을 다른 더 가난한 집 사람들에게 주지 않았을까 하는 생각이 들었다."(P.103)

성찰할 수 있는 사람만이 이런 생각에 도달할 수 있을 것이다. 자기가 누리는 것들이 특권일 수 있다는 걸 깨닫는 사람이 과연 몇이나 될까? 그러고 보면 주인공 펠롱은 이런 면에서 어쩌면 평범한 사람이 아닐지도 모르겠다.

"펠롱은 미시즈 윌슨을, 그분이 날마다 보여준 친절

을, 어떻게 펄롱을 가르치고 격려했는지를, 말이나 행동으로 하거나 하지 않은 사소한 것들을, 무얼 알았을지를 생각했다. 그것들이 한데 합해져서 하나의 삶을 이루었다. 미시즈 윌슨이 아니었다면 어머니는 결국 그곳에 가고 말았을 것이다. 더 옛날이었다면, 펄롱이 구하고 있는 이가 자기 어머니였을 수도 있었다."(P.120)

가장 감동적인 장면이었다. 펄롱이 미혼모였던 엄마와 자신에게 미시즈 윌슨이 베푼 친절을 잊지 않고, 다른 이에게 친절을 베푸는 것을 보며 이것이 인간의 품격이 아닐까 싶었다. 엄마와 이름이 같은 '세라'라는 소녀를 구하는 일을 자신의 엄마를 구하는 것과 연결하는 펄롱을 보며 왜 신형철 평론가가 "우리는 우리가 이 세계를 포기할 수 없는 이유 하나를 얻게 된다"라고 했는지 이해할 수 있었다.

르포 작가 은유는 이 작품을 평하면서 "날마다 기계적으로 전개되는 일상에 복무하는 한 사람을 멈춰 세우는 힘은 무엇일까? 그것은 '뒤돌아보는 인간'의 탄생, '가족 인간'이기를 멈추는 선택"이라고 말했다. 이 작품의 마지막에 펄롱은 지금의 자신이 있기까지 가족이 아닌 이들로부터 받았던 사랑과 관심을 돌아보고, '가족 인간'이기를 멈추는 선택을 한다. 펄롱은 모든 것을 잃을 수 있는 선택의 갈림길에서 인간의 품위를 지키는 용기를 보여줬다. 이러한 그의 용기는 춥고 어두운 겨울밤에 켜진 따스한 불빛이 될 것이라고 옮긴이는 말하고 있다. 결말 이후의 이야기가 결코 아름답게 전개될 것이라 낙관할 수는 없지만, 적어도 인간으로서의 품위를 지키기를 희망하는 사람이라면 이 책을 꼭 읽기를 권하고 싶다.

131쪽이라는 짧은 분량과 손안에 쏙 들어오는 책 크기는 읽기 시작하는 마음을 한결 가볍게 한다. 또한 단어 하나라도 빠져나갈까 싶어 단단하면서도 조심스럽게 감싸고 있는 듯한 양장 커버는 두 번 이상 읽게 만드는 이 책의 매력에 한몫하고 있다. 최근에 이 작품을 원작으로 한 동명의 영화도 개봉했다고 하니 작품이 영상으로 어떻게 구현되었는지 비교해 보는 것도 좋을 듯하다. 아울러 국내에 키건 마니아가 생기게 만든 『맡겨진 소녀』까지 읽는다면 금상첨화일 것이다.

더럽혀지지 않는 흰 것에 대해서
『흰』, 한강, 문학동네

배 서 현

"역사적 트라우마를 정면으로 마주하고 인간 삶의 연약함을 드러내는 강렬하고 시적인 산문"이라는 선정 이유와 함께 2024년 노벨문학상을 수상한 작가 한강. 대한민국 최초이자 아시아 여성 최초의 노벨문학상 수상자 한강은 1970년 이른 겨울 광주에서 태어나 열한 살에 서울로 이사 왔다. 연세대학교 국어국문학과를 졸업한 뒤, 1993년 《문학과 사회》 겨울호에 시 「서울의 겨울」 외 4편을 실으며 시인으로 데뷔하였고, 1994년 서울신문 신춘문예에서 「붉은 닻」으로 소설가로 첫발을 내디뎠다. 장편

소설 『검은사슴』, 『그대의 차가운 손』, 『채식주의자』, 『바람이 분다, 가라』, 『소년이 온다』, 『흰』, 『작별하지 않는다』, 소설집 『여수의 사랑』, 『내 여자의 열매』, 『노랑무늬 영원』, 시집 『서랍속에 저녁을 넣어 두었다』를 출간하였다. 오늘의 젊은 예술가상, 이상문학상, 동리문학상, 만해문학상, 황순원문학상, 인터내셔널 부커상, 말라파르테 문학상, 김유정문학상, 산클레멘테문학상, 김만중문학상, 대산문학상, 메디치외국문학상, 에밀 기메 아시아문학상등을 수상했으며, 노르웨이 '미래 도서관' 프로젝트 참여 작가로 선정되었다. 이 책 『흰』은 한강 작가의 시적 스타일을 가장 잘 보여주는 작품이라고 할 수 있다.

『흰』(2016, "The White Book")은 화자의 언니였을 수도 있지만 태어난 지 불과 몇 시간 만에 세상을 떠난 아기(언니)에게 바치는 메모나 산문이 적힌 글로 한강 작가의 세계를 바라보는 관점이 잘 드러나는 책이다. 화자는 죽은 아기(언니)가 살 수 있었다면, 그녀 자신은 존재할 수 없었을 것이라고 생각한다.

1부 '나'는 지인의 초대로 폴란드 바르샤바에서 몇 달을 살게 되면서 시작한다. 폴란드 바르샤바는 세계 2차 대전 중 나치에 저항하다가 도시의 95%가 괴멸되어 버린 후 재건 된 도시이다. 그래서 어떤 친숙한 고통의 흔적이 남아있는 그 도시를 걸으면서 그 도시의 역사도 알게 되면서 작가가 쓰지 못했던 흰 것의 목록도 떠올리게 되었다. "흰 것에 대해 쓰겠다고 결심한 봄에 내가 처음 한 일은 목록을 만든 것이었다." 강보, 배내옷, 소금, 눈, 얼음. 달, 쌀, 파도, 백목련, 흰 새, 하얗게 웃다, 백지, 흰 개, 백발, 수의. 흰 것에 대해 쓰는 이 책을 꼭 완성하고 싶다고, 이 책을 쓰는 과정이 '무엇인가를 변화시켜줄 것 같다'라고 말한다.

환부에 바를 흰 연고, 흰 거즈는 상처를 감싸고 치유하기 위한 재료라고 볼 수 있다. 흰 것은 무엇을 의미하는 것인가? 모국어에서 흰색을 말할 때, '하얀'과 '흰'이라는 두 형용사가 있다. 솜사탕처럼 깨끗하기만 한 '하얀'과 달리 '흰'에는 삶과 죽음이 소슬하게 함께 배어 있다. 내가 쓰고 싶은 것은 '흰' 책이었다. 그 책의 시작은 내 어머니가 낳은 첫아기의 기억이어야 할 거라고, 그렇게 걸던 어느 날 생각했다. 스물세 살의 어머니는 혼자서 갑작스럽게 아기를 낳았고, 그 여자아이가 숨을 거두기까지 두 시간 동안 '죽지 마라, 제발'이라고 계속해서 속삭였다고 했다.

2부 '그녀'에서 어머니에게서 어릴 때부터 조산으로 2시간 만에 죽은 첫 번째 아기(언니) 이야기를 들으며 자랐으며 그 얘기를 들을 때마다 이상하게 많이 가슴이 아팠다. 언니가 살아야 할 자리에 사는 것 같은 미안한 마음을 가지게 되었으며 화자의 삶을 아기(언니)에게 빌려드린다는 또는 그분이 나 대신 나의 삶을 살고 있다는 생각으로 쓴 것이다. 그 아기가 살아 있었다면 언니였을 존재가 화자에게 다가와 발바닥의 가시를 빼내 주고 모르는 수학 문제를 가르쳐 주며 신었던 단화를 물려주는 사람으로 살아난다.

깔끔하게 마무리할 생각은 처음부터 없었다. 얼룩이 지더라도 흰 얼룩이 더러운 얼룩보다 낫겠지. 그렇게 무심한 마음으로 더러운 자리만 골라 붓질을 했다. 한때 비가 새어 생겼을 천정의 커다란 얼룩을 하얗게 칠해 없애

버렸다.(P.16)

마음의 얼룩도 붓으로 칠하면 하얗게 되어 없어지면 좋겠다.

내 어머니가 낳은 첫아기는 태어난 지 두 시간 만에 죽었다고 했다. 스물세 살의 엄마는 엉금엉금 부엌으로 기어가 어디선가 들은 대로 물을 끓이고 가위를 소독했다. 반짇고리 상자를 뒤져보니 작은 배내옷 하나를 만들 만한 흰 천이 있었다. 산통을 참으며, 무서워서 눈물이 떨어지는 대로 바느질을 했다. 배내옷을 다 만들고, 강보로 쓸 홑이불을 꺼내놓고, 점점 격렬하고 빠르게 되돌아오는 통증을 견뎠다. 마침내 혼자 아기를 낳았다. 혼자 탯줄을 잘랐다. 피 묻은 조그만 몸에다 방금 만든 배내옷을 입혔다. 죽지 마라. 제발, 가느다란 소리로 우는 손바닥만 한 아기를 안으며 되풀이해 중얼거렸다.(P.20)

어머니는 위대하다. 산통을 참으며, 무서워서 울면서 만든 작은 배내옷… 혼자 아기를 낳고 그 아기가 죽는 것을 혼자 겪은 스물세 살의 엄마의 마음이 고스란히 전해와서 가슴이 아리다. 죽지 마라. 죽지 마라. 제발….

우리가 살아 있다는 증거. 우리 몸이 따뜻하다는 증거. 차가운 공기가 캄캄한 허파 속으로 밀려 들어와, 체온으로 덥혀져 하얀 날숨이 된다. 우리 생명이 희끗하고 분명한 형상으로 허공에 퍼져나가는 기적(P.74)

추운 겨울 하얗게 퍼져나가는 입김을 보면 우리가 살아 있다는 증거란 구절이 떠오를 것 같다.

삶과 죽음이라는 벽을 모래로 허물고, 삶과 죽음이라는 단단함을 무르게 만들고, 삶과 죽음이라는 당연함을 낯설게 하고, 삶과 죽음이라는 평면을 입체로 분산시키고, 삶과 죽음이라는 유한을 우주라는 무한으로 확장 시킵니다. 넘나든다는 일은 몸에 유연성을 기르는 일이지요. 유연한 사고가 빚어내는 끌어안음은 연대를 이루기에 충분하지요. 산 자와 죽은 자의 연대, 어차피 모든 산 자는 모두 죽은 자가 될 것이 아닌가요. "아기의 배내옷이 수의가 되고 강보가 관이 되었"듯이 말입니다. (출판사 서평)

한강 작가가 노벨문학상을 수상한 뉴스를 접하고 책꽂이에 있던 『흰』을 읽었다. 생각보다 어렵지 않게 잘 읽혀서 놀라웠고, 죽은 아기(언니)에게 빚을 지고 있다고 생각하는 작가가 안쓰럽게 느껴졌다. 시집 또는 수필을 한 권 읽은 느낌의 소설『흰』. 한강 작가의 책이 어렵다고 느낀 독자라면 소설『흰』을 읽어보면 좋겠다.

　강보, 배내옷, 소금, 눈, 얼음. 달, 쌀, 파도, 백목련, 흰 새, 백지, 흰 개, 백발, 수의. 더렵혀지지 않는 흰 것들의 목록을 되새겨 보며 나도 하얗게 웃는다.

주인공은 스스로를 구호할 수 없다
『채식주의자』, 한강, 창비

육은숙

한강은 노벨문학상을 수상한 한국인 최초, 아시아 최초의 여성이다. 한강의 『채식주의자』는 현대 한국문학의 중요한 작품으로, 개인의 신념과 사회적 규범 간의 갈등을 심도 있게 탐구하고 있다. "한강은 역사적 트라우마에 맞서고 인간 삶의 연약함을 폭로한다. 시적이고 실험적인 스타일로 현대 산문의 혁신가가 되었다."

노벨 위원회가 밝힌 문학상 선정 사유다. "탄탄하고 정교하며 충격적인 작품" — 부커라이브러리(The Booker Library)에 실렸다.

전 세계가 주목한 한강의 역작 『채식주의자』는 2016년 인터내셔널 맨부커상을 수상, 산클레멘테 문학상을 수상하며 세계적인 작품으로 자리매김했다. "놀라울 정도로 아름다운 산문" - 가디언, "충격 때문에 손으로 입을 막고 읽어야 하는 책" - 오프라 매거진의 글이다.

노벨상의 장벽을 넘게 되어 같은 한국인으로 영광이다. 오래전부터 비건으로 생활하고 있었기에 마침 노벨상을 받은 작품 한강의 소설 『채식주의자』 표지에 이끌려 선택했다.

단편집인가 생각해서 읽었는데 연작소설로 세 부분으로 나뉘어, 각 부분은 서로 다른 화자의 시점에서 진행된다. 첫 장을 펼쳐서 몰입하여 읽은 나머지 하루종일 책을 놓지 못하였다. 첫 번째 부분은 영혜의 남편 시각에서, 두 번째 부분은 그녀의 형부(인혜의 남편) 시각에서, 세 번째 부분은 영혜의 언니 시각에서 서술된다. 이러한 다층적인 서술 방식은 독자로 하여금 영혜의 변화와 그녀의 삶에 대한 다양한 해석을 가능하게 한다.

1부, 「채식주의자」에서 영혜는 평범한 가정주부로서 남편과 시가족의 기대에 부응하며 살아간다. 그러다 어린 시절 자신의 다리를 문 개를 죽인 기억이 뇌리에 박힌 영혜는 어느 날 악몽을 꾸고 나면서부터 갑작스럽게 채식주의로 전향하며 고기 섭취를 거부하게 된다. 그런 행동을 이해하지 못한 영혜의 남편은 처가 사람들을 동원하여 그녀를 말리려 하지만, 영혜는 언니 집들이에서 다시 한번 육식을 거부한다. 이는 가족에게 큰 충격을 주고 남편은 영혜의 변화에 대해 혼란스러움을 느끼기 시작한다. 영혜의 결정은 단순한 식습관의 변화가 아니라 그녀의 내면에서 벌어지는 갈등과 고뇌의 표출이 되었다. 그녀는 채식이라는 선택을 통해 자신의 정체성을 찾으려 하고, 이는 그녀가 겪는 고통으로 남편인 '나'의 시선으로 이야기가 진행된다

2부, 「몽고반점」은 형부의 시선에서 영혜를 바라보게 되며, 형부는 영혜의 변화를 이해하고 받아들이기 위해 애쓰지만, 그녀의 극단적인 행동에 갈등을 느끼게 된다. 두 번째 부분은 가족 간의 관계와 개인의 선택이 얼마나 복잡하게 얽혀 있는지를 잘 보여주는 대목이다. 형부

는 영혜가 채식주의자가 된 이유와 그로 인해 겪는 고통을 이해하려 노력하지만, 영혜의 삶은 점점 더 불안정해지고 그로 인해 가족 간의 소통이 단절되어 간다. 영혜의 형부는 비디오아티스트다. 아내 인혜에게서 영혜의 엉덩이에 남아 있는 몽고반점 이야기를 듣고 영혜에게서 욕망을 느끼게 된다. 그는 영혜에게 비디오 작품의 모델이 되어달라 요청하고, 두 사람은 비디오 촬영을 위해 일탈에 빠지게 된다. 그다음 날 아내가 그들의 벌거벗은 모습을 발견하게 된다.

3부, 「나무불꽃」은 언니인 '인혜'의 시점에서 이야기가 진행된다. 영혜의 채식 선택이 한 남자에게 어떤 영향을 미치는지를 탐구하게 되고, 그녀의 내면세계를 탐색하면서 생기는 감정으로 복잡성의 묘사가 진행된다. 영혜의 삶에 깊이 관여하게 되는 인혜의 시각에서 바라본다. 이를 통해 소설은 개인의 선택이 타인에게 미치는 영향을 깊이 있게 다루며 인물 간의 관계가 어떻게 변화하는지를 보여주게 된다.

이 책은 읽기에 충분히 자극적이며, 사회적 규범과 개

인의 자유, 그리고 존재의 의미에 대한 철학적 질문을 던진다. 영혜의 결정은 그 자체로는 비극적이지 않지만, 그녀가 그 선택을 지키기 위해 겪는 고통은 우리에게 많은 것을 생각하게 한다. 사건이 진행되는 상황에만 집중해보면 충분히 그렇게 느껴질 수도 있다는 생각이 들었다. "꿈을 꿨어…. 라고 아내는 두 번 말했다. 달리는 차창 너머 터널이 어둠 위로 그녀의 얼굴이 스쳐 갔다. 처음 보는 사람처럼 그 얼굴은 낯설었다. 어두운 숲이었어. 아무도 없었어."(『채식주의자』P.16~17 부분 발췌) "고통스럽게 몸부림치는 아내의 입술에 장인은 탕수육을 짓이겼다. 억센 손가락으로 두 입술을 열었으나, 악물린 이빨을 어쩌지 못했다. 아내의 입술이 벌어진 순간 장인은 탕수육을 쑤셔 넣었다. 처남이 그 서슬에 팔의 힘을 빼자 으르렁거리며 아내가 탕수육을 뱉어냈다. … 비켜!"(『채식주의자』P.51) 영혜를 통해 인간의 욕망과 본성 그리고 자유의지가 사회적 억압에 어떻게 맞서는지 깊이 있게 묘사했다. 이 소설을 통해 인간이 자신의 신체와 정신을 어떻게 정의하고, 그 정의가 사회적 규범과 어떻게 충돌하는

지를 강력하게 묘사했다.

소설의 문체는 간결하면서도 강렬하며, 시적인 표현이 자주 등장한다. 이러한 문체는 독자가 영혜의 감정과 고뇌를 더욱 깊이 이해할 수 있도록 도와준다. 또한 한강의 독특한 서술 방식은 독자가 인물들의 심리적 변화를 실감하게 하며, 각 인물의 시각에서 바라본 영혜의 모습이 얼마나 다르게 나타나는지를 잘 보여준다. 한 장씩 읽다 보면 한강은 상실과 치유를 기록하는 사관 같은 사람으로 느껴진다.

결론적으로 『채식주의자』는 인간 존재에 대한 깊은 성찰을 요구하는 작품으로 개인의 선택이 사회와 가족에 미치는 영향을 심도 있게 탐구하였다. 내 생활과는 거리가 먼 『채식주의자』가 그리 호락호락하지 않아 생각보다 어렵다. 우리는 스스로가 호모 사피엔스이기 때문에 무의식적인 욕망의 누선을 건드리기 때문인지도 모른다.

이 작품은 문학적 가치뿐만 아니라 우리의 삶에 대한 깊은 이해를 제공하는 중요한 작품이다. 나는 때로는 다쳤고, 집착했고, 욕망했고, 스스로를 미워하기도 했고,

그러면서 부끄러움을 배웠고, 점점 낮아졌고 작아졌고 그래서 이러한 책을 읽으면서 세상에 펼쳐진 삶을 이해하려 애쓴다. 이 책을 권하고 싶다.

알을 깨고 날아오르는 새
『데미안』, 헤르만 헤세, 전영애 옮김, 민음사

이동우

20대 중반 즈음, 사회 초년생이었던 나는 여전히 자아를 찾기 위해 고군분투 중이었다. 불안했다. 괴로운 마음은 편리하게 누군가가 내려놓은 정답을 찾게 했다. 내면의 답을 간절히 원했지만 정작 외부에 집중하고 있던 그 시절 처음 데미안을 만났다.

작가 헤르만 헤세는 1877년 독일에서 태어났다. 인도에서 선교 활동 경험이 있는 아버지와 일본에서 활동한 외삼촌은 훗날 동서양을 넘나드는 작품들에 영향을 미쳤을 것이다.

어린 시절 문학적 열정이 강렬했던 그는 제도권 교육에 적응하지 못했고, 자살 기도로 정신병원에 입원하기도 했다. 서점에서 일하면서 본격적인 작품활동을 시작했고, 여러 작품을 성공시킨 후 세계를 여행하며 작품을 이어갔다.

조국이 일으킨 전쟁에 반대했고, 조국에게 비난과 고통을 받았다. 의학 심리학자 칼 구스타프 융을 만나 치료받게 되는데, 이 시기에『데미안』을 집필했다.

소설 데미안에서 화자로 등장하는 가상의 인물 싱클레어는 작가 자신을 투영한 인물로 알려져 있다. 13세 소년 싱클레어는 대학생 청년으로 성장하면서 많은 혼돈과 방황을 겪게 된다.

어린 시절 싱클레어는 사랑과 깨끗함, 질서의 밝은 세계인 아버지의 집에서 자랐다. 그의 누나들은 그 세계에서 착하고 예의 바르게 자랐지만, 싱클레어는 어두운 세계를 경험하고 두 세계 사이에서 혼란에 빠지게 된다.

집 밖의 친구들에게 대범해 보이려 한 거짓말로 괴롭힘을 당하던 중 데미안이 등장한다. 우월해 보이는 데미안이 처음엔 반갑지 않았고, 그가 들려준 카인과 아벨의 새로운 해석도 불편했다.

어느 날 괴롭힘당하던 싱클레어를 데미안이 구해줬고, 고맙지만 수치스러운, 혼란한 내적 갈등을 겪는다. 어찌 되었든 데미안 덕분에 다시 마음의 평화와 부모의 신뢰를 얻는다.

종교 수업에서 다시 만나 데미안이 외부를 초월해 오롯이 자신 속으로 들어가는 모습을 목격한다.

충분히 강하게 원할 수 있는 것은 오로지, 소망이 내 자신의 마음속에 온전히 들어 있을 때, 정말로 내 본질이 완전히 그것으로 채워져 있을 때뿐이야. 그런 경우가 되기만 하면, 내면으로부터 너에게 명령되는 무언가를 네가 해 보기만 하면, 그럴 때는 좋은 말에 마구를 매듯 네 온 의지를 팽팽히 펼 수 있어.(P.77)

기숙사 생활을 시작하고, 방탕한 생활을 하기도 하지만 한쪽 마음은 늘 불편했다. 동경하던 베아트리체가 마음을 잡게 했고, 그녀를 그린 그림에서 데미안과 자신을 발견한다.

이걸 알아야 할 것 같아. 우리들 속에는 모든 것을 아는 한 사람이 있다는 것 말이야!(P.116)

그 후 매를 그린 그림을 데미안에게 보냈고 답장이 왔다.

새는 알에서 나오려고 투쟁한다. 알은 세계이다. 태어나려는 자는 하나의 세계를 깨트려야 한다. 새는 신에게로 날아간다. 신의 이름은 압락사스.(P.123)

대학 진학 후 우연히 오르간 연주자 피스토리우스를 만나 비판적 사고를 하게 된다.

자신을 남들과 비교해서는 안 돼, 자연이 자네를 박쥐로 만들어 놓았다면 자신을 타조로 만들려고 해서는 안 돼.

더러 자신을 특별하다고 생각하고, 대부분의 사람들과는 다른 길을 가고 있다고 자신을 나무라지. 그런 나무람은 그만두어야 하네.(P.147)

누구나 관심 가질 일은, 아무래도 좋은 운명 하나가 아니라, 자신의 운명을 찾아내는 것이며, 운명을 자신 속에서 완전히 그리고 굴절 없이 다 살아내는 일이었다.

(P.172)

싱클레어는 데미안의 어머니 에바 부인에게서 동경하던 베아트리체를 발견하고 사랑을 느낀다. 열정과 사랑, 자아를 구체화해 간다.

싱클레어, 어린아이군요! 당신의 운명은 당신을 사랑하고 있는데요. 언젠가 그것은 완전히 당신 것이 될 겁니다. 당신이 꿈꾼 대로요. 당신이 변함없이 충실하면요.

(P.193)

1차 세계대전, 데미안은 장교로 참여하고 싱클레어는 징집 영장을 받는다. 에바 부인과도 작별한다. 전쟁터에서 부상으로 실려 간 야전병원에 데미안이 나타나, 앞으로 자신이 필요해도 달려올 수 없으니, 네 자신 안으로 귀 기울이라 말한다. 네 안에 내가 있다고.

다음 날 데미안은 사라지고 소설도 끝을 맺는다.

싱클레어는 회피하지 않고 질문과 고뇌를 반복한다. 과정에서 만난 상황과 인물들이 많은 영감을 준다. 마침내 알을 깨고 세상으로 날아오른다.

알은 세계다. 우리는 이미 태어났지만 날아오르기 위

해 세계를 깨고 나가야 한다. 깊게 내면을 들여다보는 보는 일, 자신만의 길을 찾는 일, 성장을 원한다면 꼭 필요한 일이다.

누군가가 내려놓은 정답은 내 것이 아니다. 내면을 들여다보고 자신만의 정답을 찾자. 인생에서 많은 알을 만나게 될 것이다. 고뇌가 찾아온다면 또 다른 세계로, 알을 깨고 성장하기 위한 순간임을 알아차리자. 그때마다 이 책이 당신에게 데미안이 되어 줄 것이라 확신한다.

명작은 매번 새로운 감동을 준다고 하지 않던가. 몇 번이고 이 책을 권하며 가장 인상 깊었던 데미안의 말을 마지막으로 서평을 마친다.

똑똑한 이야기를 늘어놓는 건 전혀 가치가 없어, 아무런 가치도 없어. 자기 자신으로부터 떠날 뿐이야. 자기 자신으로부터 떠나는 건 죄악이지. 자기 자신 안으로 완전히 기어들 수 있어야 해, 거북이처럼. (P.88)

조국을 표현한 노력이 깃든 유산

『동주의 시절』, 류은규, 도다 이쿠코, 토향

임선우

윤동주의 시에 관해서는 널리 알려져 있습니다. 어린 시절 오빠 노트에서 본 시가 너무 근사해서 몰래 베껴 여름 방학 숙제로 자작시를 낸 적이 있습니다. 윤동주의 「서시」라는 것을 담임 선생님의 설명으로 이해했습니다. 시인이 지은 시를 읽고 싶다면 먼저 시인의 생애를 알기를 바라는 마음이 앞섭니다. 이 책에는 시인 윤동주 개인의 사진은 실려 있지 않았습니다. 그러나 끝나지 않은 간도의 항일 함성을 육필 원고를 그대로 재현해 주어 민족 시인의 살아 있는 기상을 드러내어 주고 있습니다. 그의 고향 간도를 알아야 시인과 시에 대해 어느 정도는 안다고 말할 수 있을 것입니다. 『동주의 시절』, 간도사진관을 통한 한민족의 사회적 맥락을 알 수 있습니다. 시인 윤동주는 1917년 12월 20일 길림성 용정시 동방을 밝히고자 하는 뜻의 명동마을明洞村에서 태어났습니다. 그의 고향이 자리하고 있는 곳은 고대로부터 북방 민족의 중심지로 동이족의 후손이 세운 조선국과 청국(270년) 두 나라 간의 비무장지대였던 곳이기도 합니다. 1931년 일본이 만주사변을 일으키고 다음 해에 정통 금나라의 혈통 부의를 청나라 마지막 황제 자리에 앉히고 만주국을 세웠던 그곳입니다. 만주는 요녕성, 길림성, 흑룡강성과 내몽고자치구 동쪽 일부입니다. 내가 가본 남만주 지역의 간도는 푸르디푸른 평평하고도 기름지고 널려진 들판이었습니다.

이곳 간도를 고조선과 대한제국의 상징이자 독립군의 주요 기지를 간도성間島省이라고 일제가 행정구역으로 설정하여 간도파출소가 관할하던 곳입니다. 청년 윤동주 시인은 24세 때 연희전문학교, 25세에 일본 교토 도시샤

대학 영문과에 입학합니다. 26세 때 불온사상 죄목으로 투옥되었습니다. 펜을 들어 일제와 맞서 싸운 한민족 독립투사인 그의 기다림에서 1945년 8월 15일 해방 4~5개월 앞두고 27세 한민족 시인은 부친의 품에 안겨 후쿠오카 형무소를 출발하여 시모노세키항을 거쳐 한 줌의 재가 된 채로 귀향합니다.

　친일파 문제를 청산하지 못한 우리나라와는 달리, 1949년 일제 잔재를 청산하는 과정을 거치면서 만주라고 하지 않고 동북지구東北地區로 구획되었습니다. 그 후 1952년에는 연변조선족자치주로, 최근 들어 그 상징성을 지우고자 옛 명동촌 시인의 생가와 명동학교 건물을 복원하여 명동촌 전시관을 현대식 건물로 지어서 항일 역사 장소로 보존 관리해 주고 있습니다. 시인의 무덤은 2014년 용정시 문화재로 등록되었습니다. 역사적으로 고조선, 고구려, 발해, 고려, 조선, 대한제국의 영토 영역이라고 한민족 독립투사 청년 윤동주의 현재 상황이 우리를 깨우쳐 줍니다. 시는 유작까지 100여 편입니다. 지난 2월 16일이 벌써 사망 80주년이었습니다. 청년 민

족시인은 그의 고향 용정에서의 아포리즘 그 "때"를 기
다리고 있습니다.

　삶과 죽음

　삶은 오늘도 죽음의 序曲을 노래하엿다.
　이노래가 언제나 끝나랴

　세상사람은—
　뼈를 녹여내는듯한 삶이노래에
　춤을 추ㄴ다
　사람들은 해가넘어가기前
　이노래 끝의 恐怖
　생각할 사이가 없엇다.

　하늘 복판에 알색이드시
　이노래를 불은 者가 누구뇨
　그리고 소낙비 끝인뒤같이도

이노래를 끝인 者가 누구뇨
죽고 뼈만남은
죽음의 勝利者 偉人들!
(1934년 12월 24일)

시가 지은이의 삶의 맥락을 이어냅니다. 무슨 일이 일어났었는가? 지난해 유월 초 학교에서 조선족 소학교 방문길에 시인의 고향 용정에 들러서야 시인을 만날 수 있었습니다. 그렇게 시인이 잠든 땅에 나의 발끝이 닿고 나서야 진정으로 젊은 청년의 혈기를 고스란히 느낄 수 있었습니다. 펜을 든 독립투사 시인의 묘지 앞에서 그는 잠들지 못하고 아니 잠이 들 수 없을 것이라고 동포의 귀뜸으로 그 말의 의미를 듣고 나서야 「삶과 죽음」의 시와 시인의 사상을 더 깊이 이해할 수 있었습니다. 동포들 사이에서 애끓는 그의 절망감이 얼마나 깊은지를 말해 줍니다. 윤동주의 최초 작품입니다. 1934년 12월 24일 동아일보 신춘문예 콩트에 3편의 시 중 이 시와 「초 한 대」, 「내일은 없다」가 있습니다. 이때부터 시인은 자기 작품에 날짜를 기록합니다. 이후로도 1935년 10월 YMCA 문예부의 《숭실활천》 제15호에 「공상」이 실리면서 시인의 시가 활자화가 되었습니다. 1935년 9월부터 1936년 7월 말에 이르는 11개월 사이에 동시 6편을 포함하여 모두 26편이 있습니다.

고향집－(만주에서 불은)

헌집신짝 끟을고
나여긔 웨왓노
두만강을 건너서
쓸쓸한 이땅에

남쪽하늘 저밑엔
따뜻한 내고향
내어머니 게신곳
그리운 고향집
(1936년 1월 6일)

이 시를 읽지 않고는 동주의 시를 제대로 이해하기가 어려울 것입니다. 한민족 시인 윤동주는 이 시를 짓지 않으면 안 될 순간에 시를 지은 것입니다. 제국주의 침탈에서 힘겨운 싸움을 벌이는 개인이 아닌 우리 민족공동체의 혹독한 시절을 주저하지 않고 지은 시 「고향집」입니다. 일제가 세운 만주국이라는 또 다른 나라의 만주인이 아니라고 한민족 정체성을 기록한 것입니다. 청년 동주의 시야는 한민족이라는 정체성을 지켜나가는 데 있어서 핵심적인 요소라 할 수 있습니다. 1935년 12월 평양의 숭실학교로 전학한 후 신사참배를 거부한 사건으로 학교는 무기 휴교로 폐교된 시점에서 고향 용정으로 돌아온 직후 조국을 표현한 노력이 깃든 유산이라는 생각이 듭니다.

離別

눈이오다, 물이되는 날
재ㅅ빛하늘에 또뿌연내, 그리고

크다른 機關車는빼-액-울며
쪽그만 가슴은 울렁거린다

리별이 너무재빠르다, 안탑갑게도
사랑하는 사람을
일터에서 만나자하고-
더운손의맛과, 구슬눈물이마르기젼
기차는 꼬리를 산굽으로돌럿다
1936년 3월 20일 永鉉君을-

간도 땅에 한민족을 선명하게 새겨놓은 시인을 만날
수 있습니다. 그래서 민족시인 윤동주입니다. 일본이 만
주를 세워 지배하고 있을 때 민족의 역사를 정리해 놓은
메타포입니다. 항일 독립투쟁을 위해서, 간도에서 전개
된 독립운동 선두에 모교 명동중학교가 구심점이 되었습
니다. 교사와 학생, 청년단체 모두 사립 민족학교 출신
입니다. 일제가 청산리전투에서 참패한 분을 간도참변,
자유시 참변, 학살과 방화로 풀었는데 무참히 살육당한

만주, 요동, 연해주 일대가 한민족의 터전이었다고. 이른 봄날도 오기 전 용정에서, 눈이오다/ 물이되는 날/ 강 건너듯 독립쟁취의 결의가 묻어나는 동포애는 더 설명할 것도 없지만 그렇게 떠나보낸 풍경입니다.

간도의 회색빛 암울한 채색이 강 건너 연해주로의 힘찬 발길을 암시하는 기관차 소리가 심장을 울립니다. 조심스럽게 이별하는 표현에서는 시인이 독려했을 조국의 독립 그 숭고함을 잔잔히 드러내는 정다움과 숙연함이 느껴지는 시입니다. 남겨진 「무얼먹구사나」 한 편을 찬찬히 읽어보는 것도 좋습니다.

무얼먹구사나

바닷가 사람

물고기 잡어 먹구살구

산꼴에 사람

감자 구어 먹구살구

별나라 사람

무얼 먹구사나
(1936년 10월)

　시인의 서정적 순수성이야말로 이 시를 통해서 새로운 감동으로 다가옵니다. 누가 어떻게 사느냐고 청년 민족시인이 태어나고 자란 한민족의 영토 간도에서 조국을 그리며 말합니다. 일제의 야만적이고 잔혹한 탄압이 가해진 시기에도 독립을 쟁취하기 위해 낮에는 농부요, 어부였다고, 산촌초목 헐벗은 조국의 하늘을 올려다보며 「무얼먹구사나」 시인도 펜을 든 것입니다. 순간순간 담박한 시의 맛으로 전하는 민족시인의 은유는 더 큰 사실과 비밀이 숨겨져 있을 것입니다. 동주의 시에 그의 아름다운 고향이 스며 있는 것은 조국 한민족 동포들의 모습이 시인의 눈에 담겨 있음을 압축적으로 드러내 줍니다.

　백두산 가는 길, 식당에서 만난 동포가 나 어릴 적 고향에서 즐겨 먹었던 지금은 맛볼 수 없는 파란 무 깍두기를 항아리째로 내주며 이렇게 '우리 사람'을 '만날 수 있어서 좋다고', '우리말'로 '이야기할 수 있어서 좋다고', 돌

아 나오는 길에 허리춤을 안아주며 나라도 떠나지 않고
있어야 한다는 말로 배웅해 주던 별의 안부를 가슴으로
묻습니다. 밤하늘 은하계의 별만큼 빛내주는 소중한 사
람 오늘 밤/ 별나라 사람/ 무얼 먹구사나/ 시가 절로 입
에서 나옵니다.

다이아보다 아름다운 양초
『판타 레이』, 민태기, ㈜사이언스북스

조 대 희

2021년은 우리나라 로켓 과학기술사의 전환점이 된 해였다. 박정희 대통령 때부터 있었던 미사일 등 로켓기술 개발의 족쇄였던 한미 미사일 사거리지침이 종료되었다. 그해 10월에 한국형 저궤도 발사체 누리호 발사를 처음으로 성공했다. 누리호 성공에서부터 세계 5대 국방과학 강국의 역량이 세계 방산시장에서 드러나게 된 것은 우연이 아니다. 북한이 우리 머리 위에서 원자폭탄 실험을 해도 크게 겁내지 않아도 된다. 마음만 먹으면 당장 원자탄 100개는 만들 수 있기 때문이다. 그 믿음의 기반이 바로 유체역학이라고 한다면 이해할 수 있을까? 이 말이 이해된다면 한번 읽어보길 권한다. 이해가 안 되면 더더욱 읽어 보아야 한다.

판타레이(만물유전:萬物流轉 모든 것은 흐른다)는 고대 그리스 때부터 있었던 말이다. 유체란 물, 공기로 대표되는 액체, 기체뿐 아니라 고체도 포함하는데 흐르다 막히면 돌아가고 때때로 소용돌이치는 성질을 말한다. 다빈치와 뉴턴을 거쳐 아인슈타인 이후 양자역학에 이르는 과학사를 유체라는 구슬로 꿰어놓은 목걸이로 누구나 한번 손에 잡으면 쉽게 놓을 수 없을 것 같다. 어려운 과학적 지식이나 수학공식 없이도 넘기다 보면 어느새 마지막 페이지다. 부록까지 500 페이지가 넘지만 꼬리에 꼬리를 무는 유체의 비밀을 찾아 나선 천재들의 이야기를 따라가다 보면 어느새 끝 장을 넘기게 된다.

왜 전자의 이동을 전류電流라 할까? 왜 경제학자들은 돈의 움직임을 유동성流動性이라 할까? 이것은 유체역학(流體力學:Vortex)을 모른다면 답할 수 없다. 과학의 바탕에는 유체역학이 있다고 해도 과언이 아니다. 독자로 하여

금 유체의 신비를 추적하는 주인공이 되게 하는 저자의 글 솜씨에는 과학에 문외한이라도 반할 수밖에 없다. 과학에 관심을 갖게 하고 싶은 자녀가 있는 부모에게도 좋은 책이다.

저자 민태기 박사는 서울대 기계공학박사로 UCLA연구원과 삼성전자 수석연구원을 역임했고, 현재 (주)에스엔에이치 연구소장으로 누리호 및 차세대 발사체 엔진 개발에 참여 중이다. 저서로 『판타레이』, 『조선이 만난 아인슈타인』이 있고 조선일보 과학칼럼과 과학유튜브에서 활약하는 공학자(engineer)[1]이자 리버럴 아티스트(Liberal artist)다.

'대학이 등장하던 시기에 존재하던 교육 기관들은 주로 의학, 법학, 경영 등의 일종의 직업 학교였기에, 새로이 탄생한 대학은 이들 전문학교와 차별화하기 위해 리버럴아츠를 커리큘럼으로 구성했다.'(P.485)

---

1) 공학자(工學者 engineer)는 엔진(engine)을 만드는 사람으로 엔진은 라틴어 ingenium(잉게니움)에서 온 말로 천성, 성질, 재능을 뜻하고, 재능을 이용한 기발한 발명가란 의미를 가지고 있다.

2011년 스티브 잡스가 애플은 리버럴 아츠(liberal arts)와 기술(technology)이 교차하는 곳에 있다고 했다. 그때 우리나라에서 인문학(humanities)붐이 일었다. 많은 사람들이 리버럴 아츠(liberal arts)가 인문학(humanities)인 줄 알고 있기 때문이다. 리버럴 아츠는 자유교양이다. 플라톤(Platon)의 아카데미아(Academia)에 들어가려면 수학을 알아야 했던 것처럼 자유교양(liberal arts)은 근대 이후 전문직업교육(의학, 법학, 공학)과 구별되는 자유교양교육(인문, 자연, 사회, 수학)을 의미한다.[2]

인간이 지구나 우주도 유체의 흐름 속에 있다는 것을 인식한 지는 겨우 500년이다. 『천구의 회전(revolution)에 관하여』라는 책에서 코페르니쿠스는 태양을 중심으로 지구가 돈다고 해서 회전이란 단어를 사용하였는데 그 당시 지구중심 세계관과 충돌하여 혁명을 일으켰기 때문에

---

2) 과거 우리나라는 식민지에서 벗어나 필요한 의학, 법학자 같은 전문직업인을 긴급양성하느라 기초교양에 소홀했다. 현재 우리나라는 자유교양(liberal arts)이 부족한 법학 의학 전문가 때문에 많은 문제를 겪고 있다. 이것은 법학 의학 전문가에게 국한된 문제가 아니라 문이과 분리교육을 받은 모든 사람의 문제이기도 하다.

회전과 혁명이 동의어가 되었다.

"나는 생각한다, 고로 존재한다."고 했던 데카르트는 우리나라에서 "방법서설"의 철학자로 알려져 있다. 그는 "빛에 의해 보이는 사물과 실체가 다르다는 것 때문에 보이는 모든 것을 의심한다. 그러나 의심하는 나를 의심할 수는 없다."고 하였다. 자와 컴퍼스만으로 위치를 규정하던 시대에 기준 좌표를 제시한 것이 데카르트였기에 서양에서는 모두 데카르트 좌표(Cartesian coordinate)라고 하는데 과학대중화가 늦은 우리는 그냥 좌표라고만 알고 있다.

천체의 움직임이 미세한 물질의 소용돌이(Vortex) 때문이라는 데카르트의 유체에 대한 이론을 반박한 것이 뉴턴의 만유인력이었다. 이 책은 뉴턴에서 출발한 근대과학에서부터 양자역학의 토대가 된 아인슈타인의 이론에 이르기까지 저자가 30년 동안 유체역학을 찾아 리버럴 아츠(liberal arts)를 연구해 온 이야기를 담고 있다.

"잘못도 없는데 왜 사약을 먹어야 하나요?" 부인 크산티페가 묻자 소크라테스는 "잘못한 것이 없기 때문에 기

꺼이 먹는 것이다.”라 했다. 그와 마찬가지로 갈릴레이가 지동설을 주장했다가 교회에 굴복해 제자가 “영웅이 없는 불행한 나라여!”라고 하자 갈릴레이는 “영웅을 필요로 하는 불행한 나라여!”라고 했다는 이야기는 진리 앞에 용감했던 영웅의 면모를 보여 준다.

지금부터 꼭 200년 전인 1825년 영국의 패러데이(Faraday)가 크리스마스 과학강연에서 어린이들에게 했던 말은 지금 우리나라에서도 유효하다.

“어떤 다이아몬드가 양초처럼 빛날 수 있을까요? 다이아몬드의 아름다움은 어두움에서 빛을 발하는 양초의 불꽃 덕분입니다. 다이아몬드는 양초가 비추기 전까지는 아무것도 아니지만, 양초는 스스로 빛나지요.” 그리고 강연은 다음과 같이 마무리된다. “나는 여러분이 양초처럼 빛나길 바랍니다. 여러분 세대가 이웃에게 빛을 발하며 인류에 대한 의무가 무엇인지 보여준다면, 오늘 양초의 아름다움에 대한 강연은 보람될 것 같습니다.”(P.235)

연어, 마음으로 말하다
『연어』, 안도현, 문학동네

하나영

안도현은 전통적 서정시에 뿌리를 두고 개인적 체험을 주조로 하면서도 사적 차원을 넘어서 민족과 사회의 현실을 섬세한 감수성으로 그려내는 시인으로 평가받는다. 현대 문학인 중 가장 대중 인지도가 높은 유명한 문학인이다. 연어들의 모천회귀를 배경으로 사회를 비평하고, 번식을 위해서 바다에서 강으로 가는 과정을 성장의 고통 및 사랑의 아픔에 빗대어 그린 「연어」의 작가이기도 하다.

소설집 『연어』의 주인공인 은빛연어는 무리를 이루어

모천으로의 여행을 떠난다. 특이한 외모로 구별되어도 공동체 보호 속에서 외롭지 않았다. 하지만 자유롭고 싶은 욕망을 그는 희망이라고 생각했다. 동료들과 모천으로 회귀하는 여정에서 누나연어를 독수리에게 잃는 아픔을 경험하고 눈맑은연어를 만나 사랑의 감정을 경험하였다. 그리고 '연어는 연어의 길이 있다'며 쉬운 길을 마다하고 폭포를 거슬러 오르는 소신과 결단을 보여주기도 하였다. 은빛연어는 그렇게 모천으로의 여정에서 경험한 아픔과 기쁨 그리고 초록강과의 대화를 통해 세상으로 나아갔다.

'우리는 불행하게도 자기 자신이 어떻게 생겼는지 모른단다'는 누나의 이야기, '연어가 아름다운 것은 떼를 지어 거슬러 오를 줄 알기 때문이야', '거슬러 오른다는 것은 지금 보이지 않는 것을 찾아간다는 뜻이지. 꿈이랄까, 희망 같은 거 말이야. 힘겹지만 아름다운 일이란다.'라고 속삭이며 흘러갔던 초록강의 소리들을 모아 은빛연어는 성장해 갔다. 그의 성장 과정에는 자유를 그리워하는 은빛연어를 걱정하는 누나와 사랑과 헌신이 무엇인지 알게 해준 눈맑은연어가 있고, 옆에 나란히 헤엄치며 그를 보호하는 공동체가 존재하였다. 그리고 은빛연어를 거슬러 감싸며 흐르는 초록강이 곁에서 동행하며 끊임없이 흘러가는 세상의 이야기를 들려주었기 때문에 그는 세상과 연결되고 마음의 눈으로 세상을 바라볼 수 있었다.

나를 중심으로 세상을 보면 많은 사람들이 나의 배경으로 나를 지탱해 주는 지지기반이 되어주고 있다는 것을 새삼 느낀다. 내가 살아온 삶을 초록강에 비춰볼 때 소리쳐 외치지 않아도 내 귀에 또박또박 말하지 않아도 의미있는 누군가가 외치는 마음의 소리가 들려왔던 경험들이 떠오른다. 그러한 힘들이 모여 나 또한 한 걸음씩 성장해 모천으로의 회귀, 희망을 찾아가는 나의 여정 가운데 지금의 이 자리에 도달할 수 있었다고 말할 수 있는 것이다. 그리고 나는 누구의 배경이 되어 묵묵하게 그들을 떠받치는 수고로움을 기꺼이 감당하고 있는지를 돌아보게 된다.

소설집 『연어』에 모천회귀 과정의 에피소드는 현대인

들이 살아가는 삶의 모습들과 겹쳐보인다. 서로가 서로의 배경이 되어줄 때 은빛연어의 독특한 외모는 반짝이는 빛깔로 가치를 돋보일 수 있으며, 이는 서로를 감싸는 배경이 되는 삶의 가치를 가르쳐 준다. '그러면 연어 떼가 아름다운 것은 서로가 서로의 배경이 되어주기 때문인가요?'라고 은빛연어가 초록강에게 질문을 던진 것처럼 다음 세대가 우리에게 물어온다면 어떤 대답을 할 수 있을까? 우리 사회의 대답이 다음 세대에게 부끄럽지 않기를 바란다. 소설집『연어』를 통해 더 많은 사람이 마음으로 말하는 은빛연어의 이야기를 듣기를, 그리고 마음의 울림을 느꼈으면 좋겠다.

누구나의 삶, 그 고단함을 말하다
『오순정은 오늘도』, 김양미, 학이사

하나영

저자인 김양미는 단편소설 『비정상에 관하여』로 2022년 경인일보 신춘문예에 당선되어 작품활동을 시작했다. 단편소설을 엮은 『죽은 고양이를 태우다』를 시작으로, 에세이 『매운생에서 웃음만 골라먹었다』, 단편소설집 『오순정은 오늘도』를 집필하였다. 작가는 그가 살아온 다양한 삶의 직간접적인 경험 속에서 이 사회에 대해 인식한 다양한 문제의식을 작품 속에 나름의 상징과 적절한 유머로 풀어내고 있다.

작가의 작품들은 소외된 사람들의 가난과 비참함, 강

자의 폭력 속에 부당하게 억눌린 삶 등 무거운 이야기들을 담고 있지만 익숙한 우리 삶의 언어와 상징에 작가 특유의 유머가 어우러져 매끈하게 읽어진다. 하지만 책의 마지막 장을 넘기고 나면 그 속에 담긴 많은 메시지가 여운으로 남고, 그 여운은 사색으로 이어지게 된다.

단편소설집 『오순정은 오늘도』는 일곱 편의 이야기를 담고 있다. 먼저 세 편의 이야기는 각자의 삶의 무게를 일상에서 겪어내는 가족 이야기이다. 가족을 위해 죽어라 일만 하며 살아온 오순정과 마음속에 품고 살아온 막연한 꿈을 놓지 못하는 김종만, 그리고 학교폭력에 노출되었다가 벗어나는 경험을 혼자 겪어내야 했던 김하나…. 가족이지만, 각자의 삶의 무게는 각자의 몫이며, 서로의 삶의 무게를 알지도, 이해하려고 하지도, 바라보지도 못하고 살아가는 현대 가족들의 현실적인 모습을 보여주고 있다.

「자전거의 기울기 23.5°」는 묵묵히 밑을 받치고 서 있는 고임돌 같은 사랑의 소중함을 일깨워 주었고, 「리틀 몬스터」는 장애를 갖고 태어난 아이 때문에 가족이 겪어야 하는 고통과 아픔을 담아냈으며, 「드림 포에버 시티」
는 자식을 남겨두고 죽으려 하는 엄마의 심정을 그려냈
다. 각각의 에피소드는 평범하지 않은 가족의 이야기를
담고 있으며, 주인공들이 겪어내는 삶의 무게도 결코 가
볍지 않다. 하지만 그들의 삶을 지탱하고 버텨내는 힘 또
한 가족에게서 비롯됨을 보여주고 있다.

작가는 책의 말미에 '그냥 살아가고 있지만 그렇다고
그냥 살아지는 건 아닌, 삶의 고단함에 대해 자주 생각했
다. 가족의 이야기를 쓰면서 버스나 마트, 길거리 어디
에서나 그들의 얼굴을 보았다'라고 밝히고 있다. 작가는
고된 삶에 욕지거리가 입 밖으로 튀어나와도 이상할 것
없는 우리 주변의 많은 사람들과 그 가족이 겪어내는 일
상적인 삶의 이야기를 이 책에 담아낸 것이다.

작가는 누구나의 삶의 이야기를 가볍고 유쾌하게 써내
려 갔지만, 나는 이 책에 담긴 일곱 편의 에피소드를 읽
으면서 지나온 내 삶의 잔상과 내 삶과 연결된 가족, 친
구, 지인 등 많은 이들의 얼굴이 떠올랐다. 그리고 나의
사고와 방식대로 해석하고 이해하며 대수롭지 않게 스쳐

지나갔던 몇몇 사람들의 기억이 소환되고, 그들이 감당했을 삶의 무게에 대해 그들의 입장에서 다시금 생각해보게 되었다.

이 책을 접한 독자라면 자신의 삶의 주변에 소설 속의 주인공들과 겹쳐 보이는 누군가가 있으리라 생각된다. 누군가에게는 아픔으로 남은 소중한 사람의 이야기일 수도 있고, 스쳐 지나친 무수한 사람들의 고된 삶의 이야기와 추억일 수도 있을 것이다.

작가는 누구나의 삶, 그 고단함을 겪어내고 있는, 그리고 마음속에 품고 살아온 막연한 꿈을 놓지 못하는 무수한 '김종만'들에게 찰랑찰랑 넘치기 일보 직전의 물동이에 마지막 물방울을 떨어뜨리고 꿈을 향해 흘러가기를 바라는 마음으로 이렇게 외치고 있는 듯하다.

'언젠가라는 순간은 영원히 오지 않아. 언젠가 하겠다고 미뤄둔 것들은 결국 못 하고 살아왔으니까….'(P.114)

이 책의 일곱 가지 삶의 무게에 대한 이야기가 여러분의 삶의 서사, 또 여러분의 삶에 연결된 소중한 사람에서부터 의미를 부여할 만큼의 도수가 아닐 수도 있는 사람

들까지의 에피소드와 어떻게 얼기설기 엮어질지 궁금하
지 않은가?

비문학

정신적인 지도자
『간디 자서전』, 간디, 박선경 옮김, 파주Books

구경모

사람이 살아가는 데는 정치, 경제, 문화가 중요하지만, 그보다는 인간됨이 더욱 중요하다. 간디는 인도 힌두교의 독실한 신자이며 나라와 민족을 위해 법과 양심과 애국심으로 살아간다. 그는 정직함과 부지런함, 애국심으로 불의에 대하여 담대히 싸우되, 비폭력 불복종으로 불의를 항복시켰다. 그 정신과 힘이 꺼져가는 등불 같은 인도를 독립시키고 대영제국을 연방으로 전환시켰다.

모한다스 카람찬드 간디(1869~1948)의 아버지 카바 간디는 4번 결혼했다. 마지막 아내인 파트리 봐가에게서 딸 하나, 아들 셋을 낳았다. 그 막내가 카람찬드 간디이다.(P.39) 카람찬드 간디는 7세 때 초등학교를 입학하였고 12세에 고등학교를 입학했다.(P.52)

간디는 인도 바우나 가르 대학에서 한 학기를 공부하고 공부가 어려워서 집으로 왔다. 아버지의 친구였던 어른이 집에 찾아와서 영국에 유학을 권유했다. 간디는 그 제안을 받고 어머니에게 이야기하니, 어머니는 사소한 질문을 열어 놓기 시작했다. 누구는 그곳에 가서 술 먹고, 고기 먹고, 여자 가까이하더라 하면서 허락하지 않았다. 간디는 힌두교 법을 지킬 것을 약속하고 어머니에게 허락받았다. 간디는 봄베이를 향해 출발했다. 그리고 봄베이 항을 떠나서 영국행으로 출발했다.(P.83)

간디는 영국에서 공부를 마치고 변호사 시험에 합격한 후 1891년 6월 10일 변호사 면허를 취득하였다. 그리고 곧 고등법원에 등록하고 이튿날인 12일에 고향으로 돌아왔다.

간디는 어머니를 만나고 싶은 마음이 간절했으나 영국에 있는 동안 어머니는 세상을 떠나셨다.

1860년 남아프리카 나탈에 있는 유럽인들이 사탕수수 재배에 적당한 땅은 많은데 노동력이 부족하다 하여 나탈 정부가 인도 정부에 연락하여 노동자 모집 허가를 얻었다. 조건은 5년 노동하고, 그 후 그 토지를 인수 받기로 하였다. 인도 정부는 계약에 서명하였다. 이것이 유럽인들이 던진 미끼이다.

많은 인도인이 이민을 가서 토지를 갈고, 채소와 과일 나무를 심고, 건물을 세우는 등 열심히 일을 했다. 경제적으로 부유해지니 백인들이 이민자에 대한 선거권 박탈과 계약 노동자 과세 법안을 만들었다.

인도인들은 과세에 대한 반대 운동을 전개하였고 간디는 이 운동에 지도자가 되어서, 봄베이로 돌아가서 남아프리카 상황을 신문과 팸플릿으로 인도 전역에 알렸다.

1906년 8월 22일 드란스발 정부 발표 법령은 남아프리카 인도인이 파멸될 것이라는 의미를 담고 있었다. 그 법령은 8세 이상 인도인들은 남녀노소를 불문하고 드란스발에 거주하면 모두 이름을 아시아인들 등록 계에 등록하고, 그 등록 증명서를 발급받아야 한다는 것이었다.

남아프리카에 거주하는 영국인들은 인도에서 이민 온 그들에게 악법을 만들어 노동력을 착취하여 부를 챙겼다. 간디는 이것을 알고 비폭력 불복종 운동을 하였다.

간디는 톨스토이 농장을 하다가 폐쇄하고, 피닉스에 공동 농장을 세웠다. 처음 창시자 멤버는 16명이었다. 이들은 취약한 곳에, 학교를 세우고 간단한 의료원도 세우고 정부에 대한 부당한 일을 지적하였다.

광산에서 일하던 광부들도 노예 취급 받다가 간디의 운동에 동참하여 비폭력 불복종 운동에 참여하였다.(P.319) 이들의 영향력은 들판에 불길처럼 번져 갔다. 여자들도 용감하게 이 운동에 참여하여 행진하였다.

대행진은 정부에 서면보고하고, 하루에 20마일~28마일 8일간 계속 행진하였다.(P.328) 농장에서는 매일 빵을 만들어서 행진하는 자들에게 보급하였다. 1913년 11월 6일 6시 30분, 힌두교 신에게 기도를 드린 후에 신의 이름으로 행진하였다.

그때에 순례자들은 2,037명 참석하였다.(P.329) 이때에 간디는 재판에 회부되었으나 보석으로 석방되었다. 순례

자들의 저항 운동은 인도에도 큰 충격을 주었고, 남아프리카 행진을 영국 본토뿐만 아니라 전 세계가 알고 주목하게 되었다.

남아프리카 지도층에 있는 스마트 장군이 3인의 위원회를 임명하여 인도인의 억울함이 무엇인지 조사하고, 그 결과로 1914년 7월 18일에 인도인의 구제법이 가결되었다.(P.341) 민중을 위해 선한 정신으로 헌신 봉사하면 언젠가 좋은 결실이 맺어지는 것이다.

1914년 8월 4일 선전 포고가 있었다. 간디는 영국에 갔다. 영국의 시민권자로서 영국에 조금이라도 도움에 기여하고 싶었다. 하지만 늑막염이 걸려서 겨울이 오기 전에 인도로 돌아가라는 권유를 받고 인도로 돌아왔다.

돌아와서는 남녀 25명을 모아서 도장을 차린다.(P.360) 이 도장은 베를 짜는 곳이다. 물레로 실을 뽑아서 베를 짜고, 옷감을 만드는 것이다. 간디는 마을에 다니면서 학교가 없는 곳에 초등학교를 세우고, 노동자와 접촉하면서 의료 시설이 없는 곳에 의료원을 세워 조국을 위해 헌신하였다.

간디의 자서전을 읽고 난 후 큰 감동받았다. 외모로 보면 작은 체격에 깡마른 얼굴에 볼품없지만 생활면에서 정직하고 부지런하며 준법정신이 강하다. 자신의 재능과 역량을 나라와 국민에게 봉사하며 살고자 하는 그 정신과 노력이 인도 국민과 전 세계인에게 존경의 대상이 되었다.

간디는 약자가 억울함을 당할 때 권력층을 향하여 비폭력 불복종 정신으로 투쟁하여 잠자는 인도인의 정신을 일깨웠다. 비폭력 무저항 운동의 효과는 온 세계의 역사적인 교훈을 남겼다. 한 사람의 훌륭한 정신이 민족을 살리고 시민을 행복하게 하였다. 이 정신을 본받고 싶다.

우리는 어떤 아이를 원하나

『농부와 산과의사』, 미셸 오당
김태언 옮김, 녹색평론사

김교영

제목이 호기심을 부른다. 한 편의 우화寓話를 상상할 수도 있다. 농부와 산과의사는 어울리지 않는 직업이다. 이런 생각은 선입견일지 모른다. 둘은 다른 듯하지만 비슷하다. 농부는 땅을 일궈 작물을 키운다. 산과의사는 의술을 이용해 출산을 돕는다. '생명'을 다룬다는 점, 이것이 농부와 산과의사의 공통점이다. 이 책은 산업화된 출산과 농업의 위험성을 경고한다. 출산과 농업의 산업화는 생명을 위협하는 모든 '폭력'의 상징이다. 『농부와 산과의사』가 국내에 소개된 지 20년이 됐다. 출산과 농업을 바라보는 인식은 많이 달라졌다. 저자 미셸 오당(Michel Odent)의 통찰이 적지 않게 기여했으리라 믿는다.

미셸 오당은 프랑스 산과의사이면서 생태주의 사상가다. 그는 당연하게 여겼던 것들을 뒤집는다. 낯설고 충격이 커서 믿기지 않는 주장도 있다. 저자는 분만과정 조력 경험과 의학 연구 결과를 바탕으로 집필했다. 그는 '농업'과 '출산'이란 두 요소를 갖고 문명의 병을 치유하는 방안을 제시한다. '산업영농'이 초래한 먹거리 오염과 영양 손실, 인간 정서의 파괴를 이야기한다. 임산부를 '환자'로 취급하는 산업적 출산의 문제점을 지적한다. 그는 인권분만의 세계 최고 권위자다. 우리에게 익숙한 '수중분만'의 창시자이기도 하다. 저자는 한국을 몇 차례 방문했다. 2012년 대구의 산부인과병원에서 '자연분만과 생후 건강과의 관계'란 주제로 강의했다. 특히 2002년 한국 방문 때 했던 그의 발언은 우리를 깜짝 놀라게 했다. 우리나라에서 제왕절개술 및 의료 개입 분만이 성행한다는 이유로 "한국은 10년 내에 청소년 자살률이 급증할 것"이라고 했다.

미셀 오당은 임신 중 먹는 음식이 태아 건강에 미치는 영향, 병원 출산 과정의 기술·물리·약물 개입이 산모와 아이에게 미치는 치명적인 손상을 알려준다. 광우병과 구제역 같은 새로운 질병의 발생에도 주목한다. 이는 인류의 대오각성을 촉구하는 경고라는 것이다. 그러나 우리는 이를 외면하고 있다. 의학과 기술이 모든 문제를 해결해 줄 것(과학기술 만능주의)이란 미망迷妄에 갇혀 있어서다. 어쩌면 '마주 보기'가 두려운지도 모른다.

"산업영농과 산업적 출산은 많은 공통점을 가지고 있다. 같은 현상의 두 가지 면모라고 주장할 수조차 있다. 하나는 인간이 아닌 생물에 관한 것이고, 다른 하나는 인간에 관한 것이다. 둘 다 자연의 법칙을 벗어난 전형적인 경우들이다."(P.33)

저자는 두 분야의 유사점을 설명한다. 이를 통해 문제점을 찾고, 새로운 눈으로 현상을 바라본다. 사람들은 농업과 출산의 산업화가 인류에 공헌했다고 믿는다. 선지자先知者들은 여기에 이의를 제기하고 있다. 저자는 1923년 "소들에게 고기를 먹이면 소들이 미칠 것"이라고 주장한 독일 사상가 루돌프 슈타이너(Rudolf Steiner)의 통찰을 소개한다. 아울러 일부 아웃사이더들이 주창한 생명역동 및 유기농업 운동, 자연분만 운동의 의미를 알려준다.

"탄수화물 대사의 일시적 조정 작용을 '임신성 당뇨'라고 부른다. 태반이 잘 활동하고 있다는 신호인 혈액량의 증가를, 평소보다 혈액이 묽어졌고 따라서 헤모글로빈 등의 농도가 낮아졌다고 해서 빈혈로 본다. 반복된 산전검사들은 흔히 임신한 여성들의 마음에 불안감을 심어주어 아주 부정적인 영향을 미친다. 나는 그것을 노시보 효과(nocebo effect)라고 부른다."(P.79)

산업적 출산은 임산부를 환자로 만든다. 자연스러운 생리 현상을 심각한 병리 현상으로 취급한다. 현대의료는 생리 반응에 기괴한 병명을 붙이기도 한다. 의료는 임신부의 불안을 먹고 산다. 잦은 초음파 검사를 비롯한 산전검사가 성행하는 배경이다.

"출산 시 아버지의 참여는 의심할 바 없이 산업화된 출산의 한 면을 나타낸다. 한 세기 전 대부분의 아기들이

가정에서 태어나던 때에 그런 질문은 타당하지 않은 것
으로 생각되었을 것이다. 그때에는 누구나 출산은 '여자
들의 일'이라고 알고 있었다. 남편들은 몇 시간씩 물을
끓인다거나 하는 실제적인 일을 했지만 출산 자체에는
개입하지 않았다."(P.113)

책은 왜곡된 출산문화를 파헤친다. 대표 사례가 남편
의 '출산 과정 참여'다. 이는 갑자기 나타난 현상이다. 그
시기는 출산이 대규모 병원에서 이뤄지기 시작한 시점과
겹친다. 모르는 사람들이 많은 큰 병원에서 아기를 낳는
일은 이전에는 없었다. 낯선 환경에 불안한 여성들이 남
편을 병원으로 불러들이게 됐다는 것이다. 저자는 분만
과정을 촬영하는 행동이 순산에 방해가 된다는 점도 경
고한다.

이 책에는 '태어날 때의 상황이 자살의 수단을 선택할
때 영향을 미칠 수 있다'는 섬뜩한 내용이 나온다. 스웨
덴 과학자의 연구 결과를 인용해 "기계적인 개입을 통해
서 탄생한 사람은 기계적 수단을 가지고 자살할 경향이
높다"(P.183)고 지적한다. 출생 중 집게 같은 기구를 끼워

끌어내는 방식(겸자분만)으로 태어난 아기는 훗날 자살할 때 기계적인 수단을 이용해 자살을 할 경향이 있다는 것이다. 미셸 오당은 자신의 경험과 많은 논문을 바탕으로 태어나는 방식이 개인의 육체·정신 건강에 중대한 영향을 미친다고 강조한다. 이는 개인의 차원에 머물지 않고, 공동체에도 확대된다고 주장한다. 즉 기술적 개입이 많은 상태에서 태어난 사람은 공격적 성향의 인간이 될 가능성이 높다는 것이다. 그런 개인들이 다수를 이루는 사회는 당연히 폭력 성향이 높을 수밖에 없다.

2020년 작고한 김종철 녹색평론 발행인은 이 책의 발문(「폭력의 문화를 넘어서」)에서 "자연을 단순히 인간의 물질적 이익을 위해 마구잡이로 이용할 수 있는 대상으로 보는 세계관이 지배하는 한, 오늘의 당면한 무수한 사회적·생태적 위기를 극복하는 것은 말할 것도 없고 우리 자신이 내면적으로 평화로운 삶을 영위하는 것은 영영 회복 불가능한 일이 될 것"(P.120)이라고 일갈했다. 우리는 무한경쟁, 폭력적인 삶, 물질만능주의, 헛된 욕망에 젖어 있다. 그 대가는 지구의 모든 생명들이 치르고 있다. 내면이 평화로운 사람은 생명을 소중히 여긴다. 감수성이 예민한 사람은 나무의 숨결을 느낀다. 개미를 보면 밟아 죽이는 아이가 있는가 하면 개미가 쉽게 잘 다니도록 길을 만들어주는 아이도 있다. 우리는 어떤 아이를 원하는가? 『농부와 산과의사』는 새로운 세상으로 이끌어주는 오솔길 같은 책이다.

그때 그 음악, 그 노래

『대중음악 강의: 20세기 대중음악의 장르별 역사』
민은기, 북커스

김미영

필자는 음악 감상을 좋아한다. 대부분의 사람이 그러하듯 주로 취향에 맞는 음악을 즐겨 들었다.

음악 듣기 중 발견하는 가수나 곡이 있으면 좀 더 귀기울여 자세히 들어보기는 하였으나 그 음악이 갖고 있는 배경에 관해서는 인터넷이나 다른 정보로 찾아보기 전에는 연결 짓기가 어려웠다. 그러던 차에 음악 관련 서적을 서점에서 뒤척이다 눈에 들어온 책이었다. 대중음악 강의라는 제목부터가 정리되는 느낌이다. 팝음악을 시작으로 여러 가지 장르의 음악을 순서 정연하게 설명하고 있다.

차근차근 자신의 음악지식을 정리해 가며 알아가기 쉬운 내용이다.

최근에 우리나라 가수 지드래곤이 2016년 6월 이후 7년여 만인 2024년 10월에 신곡을 갖고 컴백하여 많은 화제를 몰고 왔다. 역시나 기대를 저버리지 않는 곡이라고 생각한다. 긴 공백에도 꾸준히 자신만의 색을 유지하며 신곡을 발표할 수 있는 그의 감각과 재능이 대단하다. 이런 재능도 갑자기 하늘에서 뚝 떨어지는 것이 아니라 그의 일상과 삶의 전후좌우에서 여타의 다른 음악들이 영향을 주고받았으리라.

시대적 흐름 속에서, 특히 대중음악은 알게 모르게 input과 output으로 걸러지고 생산되고 있다.

그 영향 속 음악의 흐름을 알려면 일단은 대중음악의 종류와 장르가 어디에서부터 생겨서 이어져 오고 어디로 영향을 주고 있는지를 알아야 할 것이다. 뭐든 그냥 되는 것이 없다.

그럼, 이제 달콤한 위안을 주는 음악 이야기 책 『대중음악 강의』에 대해 알아보자.

저자 민은기는 서울대학교 작곡과에서 음악 이론을 전공하고 파리 소르본대학에서 석사, 박사학위를 받고 귀국 후 1995년부터 지금까지 서울대학교 교수로 재직하며 연구와 후학 양성에 집중해 왔다. 저술과 번역에도 힘써 음악과 관련한 책 여러 권을 썼고, 클래식 음악과 관련된 책을 많이 낸 음악학자로 꼽힌다. 중앙일보와 경향신문 등 매체에도 글을 정기적으로 기고하고 있으며, 지은 책으로는 『난생 처음 한번 들어보는 클래식 수업』, 『Classics A to Z: 서양음악의 이해』, 『서양음악사: 피타고라스부터 재즈까지』, 『음악과 페미니즘』, 『독재자의 노래: 그들은 어떻게 대중의 눈과 귀를 막았는가』 외에 다수가 있다.

책은 팝에서 출발하여 재즈, 뮤지컬, 흑인음악, 댄스음악을 비롯하여 월드뮤직(라틴아메리카, 아프리카, 유럽)까지 자세히 설명하고 있다. 음악역사를 거슬러 올라가서 18세기 이전 유럽의 음악, 음악가는 왕족과 귀족의 전유물 이었으나 베토벤시대에 그는 자신의 음악을 귀족에게 귀속

되지 않게 하고, 예술가로 인정받으면서 대중과 공유하고 상업적인 성격을 갖게 했다. 이후 음악은 1887년 토마스 에디슨의 축음기 발명, 독일 에밀 베를리너의 원반형 축음기 개발과 같은 과학의 발전과 더불어 전달 방식의 변화를 맞이하며 콘텐츠 산업의 한 분야로 진화한다. 세계 최초 음반 녹음은 1902년 이탈리아 밀라노 호텔에서 테너 가수 엔리코 카루소가 100파운드 받고 10곡을 녹음한 것이었는데, 이 앨범은 제작사가 예상한 바와 달리 15,000파운드나 판매고를 올리며 축음기 판매의 활성화를 이뤄냈다고 한다.

음악의 소비 형태가 악보를 '읽는 것'에서 라이브나 녹음된 연주를 '듣는 것'으로 바뀌면서, 음악 비즈니스의 중심도 연주 쪽으로 옮겨갔다. 저작권법이 녹음에도 적용되자 추가적인 수입 구조가 만들어졌다.(P.24)

1920년대에 들어서서는 상업 라디오 방송이 시작되고 1924년 500개가량의 라디오 방송국이 생기며 음악이 대중화되었고 1940년대와 50년대에는 카 오디오와 텔레비전 수상기 판매도 음악 산업 발전에 기여했다. 1960년에

비틀스, 로큰롤, 1970년대 디스코, 그리고 워크맨의 등장으로 음악은 더 빠르게 확산하기 시작하여 그 이후로 여러 나라의 다양한 음악방송과 YouTube 등 각종 매체를 통한 빠른 전파로 현재까지 전 세계를 아우르며 거대한 음악시장으로 거듭나고 있다.

『대중음악 강의』는 대중음악이 발생한 문화적, 사회적, 역사적 맥락과 장르를 알고자 하는 독자들에게 길잡이 역할을 한다.

이 책의 장점 중 첫 번째는 록, 팝, 힙합 등 대중적인 장르와 다양한 음악 장르를 고루 다루고 있으면서 그 음악이 만들어지는 사회적, 경제적 배경이 어떻게 형성되었는지에 대해 알기 쉽게 설명한다. 예를 들어, 1960년대와 70년대의 록 음악이 당시의 반문화 운동과 어떻게 연결되었는지, 1980년대 힙합이 아프리카계 미국인 커뮤니티의 사회적 현실을 어떻게 반영했는지를 구체적으로 설명하며, 대중음악이 단순히 소비되는 문화적 상품이 아니라, 사회적, 정치적 메시지를 전달하는 중요한 매개체임을 강조한다.

두 번째 장점은 대중음악의 시대별 특징을 쉽게 감상할 수 있도록 대표곡을 책갈피처럼 넣어놓은 것이다.

YouTube에 들어가서 검색창에 '대중음악 강의'로 검색하면 책의 감상 가이드 목록에 수록된 음악을 쉽게 찾아 들을 수 있어 더 깊은 감상과 곡의 이해를 할 수 있다.

대중음악을 단순한 오락의 대상으로 보는 기존의 시각을 넘어, 다양한 시대와 장르를 배경으로 깊이 이해하고 싶은 사람들에게 추천할 만한 필독서라 하겠다.

소설 같은 과학책,
이보다 더 발칙할 수는 없어!

『식물의 발칙한 사생활』, 이나가키 히데히로
장은주 옮김, 문예춘추사

박 미 애

본사本社에서 손절당한 지사支社의 스트레스 지수가 높아질수록 단풍은 붉게 타오른다고 하면 무슨 뜻인가 싶어진다. 그러나 이나가키 히데히로의 『식물의 발칙한 사생활』을 읽고 나면 단풍이 드는 나무의 속사정을 들을 수 있게 된다. 나무가 본사라면 잎은 지사로 볼 수 있다. 여름에 생산공장을 풀가동해 본사에 엄청난 이익을 주던 나뭇잎들은 기온이 내려가는 계절이 되면 생산성이 뚝뚝 떨어져 본사의 골칫거리가 된다. 생산성은 떨어지는데 유지비용은 더 많이 들기 때문이다. 마침내 본사에서 해고된 나뭇잎은 죽을힘을 다해 안토시안이라는 유산을 남긴다. 사연을 알고 붉은 단풍을 보면 마냥 아름답다고만 할 수 없고 짠한 기분마저 든다. 이 책은 창의력이 뛰어난 소설가의 단편 소설집을 읽듯 흥미진진한 이야기로 전하는 식물 과학책이라 식물을 잘 모르는 독자들까지도 빠져들게 만든다.

2020년 3월, 코로나 사태는 앞으로만 달리던 우리의 일상을 한순간에 정지시켜 버렸다. 보이지 않는 바이러스가 몰고 온 공포로 사람은 서로가 피해야 할 존재가 되었다. 그렇게 혼란스러운 세상 속에서도 자연의 봄은 기어이 오고 있었다. 그리고 그해 봄은 특별했다. 코로나 사태가 일어나기 전까지 3월은, 늘 정신없이 바쁜 시기라 봄이 오는지 가는지 생각할 틈이 없었다. 정신 차리고 보면 어느덧 여름, 가을, 겨울이었던 날들이었다. 그런데 코로나로 인해 그해 봄은 시작과 끝을 찬찬히 지켜볼 수 있었다. 처음이었다. 세상과 단절된 채 살아간다는 두려움을 나무와 꽃과 풀들 덕분에 이겨낼 수 있었다. 그때 알았다. 이렇게나 많은 식물이 우리와 함께 살아가고 있다는 것을. 그리고 그 식물에 대해 아는 것이 없다는 것을. 식물에 대해 알고 싶어 자료를 찾아보며 공부하기 시작했다. 그러던 중, 올해 이 책『식물의 발칙한 사생활』을 만나게 되었다.

저자 이나가키 히데히로는 우리나라에서도 많은 사랑을 받는 일본의 대표적인 식물학자이자 농학박사이며, 인기 있는 대중 과학 저술가이다. 농업을 연구하면서 잡초나 곤충 등 친근한 생물에 관한 저술과 강연을 하고 있으며, 과학 지식을 스토리텔링을 통해 쉽고 재미있게 전달하는 여러 권의 저서를 남겼다.

이 책은 19장으로 나누어 1. 병원균과의 마이크로 전쟁 2. 해충을 막아라 3. 개미를 둘러싼 식물의 삶 4. 식물 체내에 동거하는 병원균 5. 콩 뿌리에 붙어사는 뿌리혹박테리아 6. 동물이 옮겨다 주는 씨앗 7. 발아의 과학 8. 건조에 강한 식물 시스템 9. 식물에 숨은 암호 10. 다른 식물을 이용하는 덩굴식물 11. 꽃과 곤충의 흥정 12. 꽃 색에 숨은 비밀 13. 수분을 위한 모든 것 14. 식물을 시들게 하는 호르몬 15. 단풍이 빨갛게 물드는 이유 16.

식물의 겨울나기 17. 식물이 뿜어내는 피톤치드 18. 현대
에 남은 고대식물 19. 초록 행성을 만든 식물의 민낯으로
편집돼 있다. 각 장마다 여러 개의 소제목을 두어 독자가
내용의 흐름을 놓치지 않고 따라가게 만든 영리함이 돋
보인다.

식물 이야기를 읽으면서 스릴러 영화를 볼 때처럼 긴
장감이 느껴질 수 있을까? 이 책이 그렇다. 이 책은 지금
까지 식물학이 밝힌 식물의 실상을, 식물을 주인공으로
한 이야기로 풀어낸다. 식물의 삶을 통해 결국은 인간의
삶을 이야기하려는 작가의 의도가 보인다. 더군다나 말
로만 전하는 식물에 대한 설명일 뿐인데도 손에서 책을
놓을 수 없을 만큼 몰입감이 뛰어나다. 한 편의 소설 같
은 식물 이야기를 최대한의 흥미를 담아 독자에게 전달
함으로써 지식과 재미, 두 마리 토끼를 잡는 데 성공한
책으로 보인다. 정말이지 이보다 더 발칙할 수는 없다.
다른 식물 책과 달리 이 책이 특히 독자들의 흥미를 끄는
이유를 좀 더 자세히 살펴보자.

일단, 이 책은 19장 중 어떤 장을 읽더라도 도입 부분

이 호기심을 자극한다. 식물지식을 전하는 책인데 시작은 식물 이야기가 아니다. "실수로 수박씨를 삼켜버리면 뱃속에서 싹이 난다"(P.76)를 읽을 때는 모르고 삼킨 수박씨가 뱃속에서 싹이 터 배를 뚫고 나올까 봐 걱정했던 어린 시절이 떠오른다. 잠시 추억에 젖는 동안, 이야기는 어느새 동물이 씨앗을 옮겨 주는 원리에까지 닿는다. "퇴근길에 가볍게 마시는 생맥주 한 잔, 목욕 후에 들이켜는 시원한 캔맥주 맛에 빼놓을 수 없는 풋콩"(P.64)에 격하게 공감하는 순간, 콩 뿌리에 붙어사는 뿌리혹박테리아를 쉽게 이해하게 되었음을 깨닫게 된다.

다음으로, 비유가 뛰어나다. 특히 식물의 생존방식을 의인화하여 설명함으로써 독자의 상상력을 움직여 식물의 세계로 이끄는 솜씨가 탁월하다. 꽃과 곤충의 밀당은 놀라운 비유의 향연이다. "꽃과 곤충의 관계는 마치 진상 고객과 가게 매출을 위해 고객제일주의를 내건 가게의 관계와 같다."(P.122)라고 하면서 곤충 눈에 띄게 하려고 수단을 가리지 않고 모든 것을 활용하는 꽃의 모습을, 상품명을 인쇄한 부채나 버스에 부착된 광고, 축구나 야구 유니폼에 스폰서 이름을 새기는 등 온갖 수단을 동원하여 광고판으로 활용하는 인간 사회에 빗댄다. 작은 꽃들이 모여 크게 보이게 함으로써 곤충을 유혹하는 것을 두고 플리마켓이나 서문시장 단추 골목처럼 작은 가게들이 모여 상가를 이루는 모습에 비유한다. 꽃 피는 시간이 다른 것을 식당 영업시간에 비유하여 이해를 돕는 것도 마찬가지다. 이 밖에도 영화, 소설, 애니메이션 등 독자들에게 친근한 매체와 연결한 다양하고 풍부한 예시들은 마치 꿀을 이용하여 곤충을 유혹해 마침내 최종 목표인 꽃가루를 옮기게 만드는 꽃의 전략처럼 효과적이다.

마지막으로, 삽화가 어려운 내용을 직관적으로 전달하고 있다. 식물과 관련된 책에서 빠지지 않는 것이 있다면 아마 식물 사진일 것이다. 식물을 소재로 쓴 수필조차도 한 장 정도는 사진이 들어가기 마련이다. 사진 없이 식물에 대한 정보를 독자에게 전달한다는 것은 상상하기 힘들다. 그런데 이 책은 그게 가능하다. 최강의 곤충인 개미와 식물, 진딧물, 기생벌, 또 다른 기생벌, 이해하기 힘든 이들의 복잡한 관계가 그림 하나만으로 이해가 된다.(P.49) 건조에 강한 식물 시스템을 설명할 때 나오는 C3 식물과 C4 식물 같은 전문적인 지식도 한 장의 그림으로 단순화된다.(P.99)

자연 속에서 꽃들은 환경이 어떻든 자신의 목표를 이루기 위해 최선을 다한다. 화려한 색깔로 유혹할 수 없으면 향기로, 꿀로 곤충을 불러 모으기도 하고, 작은 꽃들은 서로 모여 하나의 커다란 꽃처럼 보이도록 협력 전략을 써 또 그렇게 한다. 찾아온 곤충이 가루받이를 잘할 수 있도록 꽃잎 모양을 바꾸거나 심지어는 꿀이 있는 위치를 알려주는 장치까지 개발했다. 이에 비해 만물의 영장이라 큰소리는 치면서, 노력해 보지도 않고 환경이나 조건을 탓하며 불평부터 하는 인간의 모습은 초라하게 느껴진다. 지금도 자연 속에서 소리 없는 혁명을 계속하고 있을 꽃들 앞에서 스스로 겸허해지는 것은 기분 탓만은 아닐 것이다.

고대 철학자 아리스토텔레스는 "식물은 거꾸로 선 인간"이라 했고, 플라톤은 "인간은 거꾸로 선 식물"이라 했다고 한다. 식물과 인간은 운명을 함께하는 존재라는 의미로 해석된다. 현재, 인간에 의한 지구 환경 변화는 예측이 힘든 상황이다. 식물도 이 영향에서 벗어날 수 없다. 식물이 살아가기 어려운 곳이라면 인간 또한 그럴 것이다. 그러기에 발칙한 식물의 생존방식을 통해 지구에서 인간의 생존방식을 고민하게 만드는 이 책을 읽으며 식물과 인간이 함께 생존할 수 있는 전략을 모색해 보는 건 어떨까?

어떻게 살아야 하는가? 고전 속에 답이 있다

『고전이 답했다: 마땅히 살아야 할 삶에 대하여』
고명환, 라곰

배 서 현

작가 고명환의 인스타그램에 '야옹이를 사랑하는 개그맨, 책 읽고 책 쓰는 사람, 강의하는 사람, 메밀국수 파는 사람, 자유로운 사람'이라고 적혀 있다. 1997년 MBC 공채8기 개그맨으로 정식으로 데뷔했다. '와룡봉추'로 스타반열에 오르게 되나, 2005년 눈길에서 차가 미끄러지며 15톤 트럭을 받은 뒤 중앙분리대에 크게 충돌하는 사고를 겪었다. 고명환을 치료한 의사는 고명환이 이틀 안에 죽는다는 선고를 했지만, 다행히 기적적으로 회복되어 목숨을 건졌다. 긴 입원생활을 하면서 고전을 읽기 시작하면서 인생이 바뀌었다. 현재는 여러 식당을 운영하며 집필과 강연, 공연기획과 제작 등 다양한 분야에서 즐겁게 일하고 있다.

『고전이 답했다: 마땅히 살아야 할 삶에 대하여』는 삶에 대한 근본적인 질문에 답을 제시하는 수필이면서 자기 계발서이다. 이 책은 3부로 구성되어 있으며, 저자의 삶을 한층 밝고 건강한 쪽으로 이끈 것은 바로 '고전'이었다고 작가는 말한다. 책은 1부 나는 누구인가? 2부 어떻게 살아야 하는가? 3부 무엇을 행해야 하는가?로 구성 있다. 작가는 마땅히 살아야 할 삶이 무엇인지 물음이 생길 때마다 고전을 펼쳐 들었다. 수천 년의 경험과 해답이 압축된 고전을 따라 읽다 보면 선인들의 목소리가 들려왔다고 한다. 고전을 읽고 사유하여 긍정적인 해답을 찾아낸 저자는 60여 편의 고전 속의 인상 깊은 문장과 함께 명환생각을 펼치고 있다.

"어느 날 아침 그레고르 잠자는 뒤숭숭한 꿈에서 깨어났을 때 침대에서 한 마리의 흉측한 벌레로 변해 있는 자신의 모습을 발견했다.…" -『변신·단식 광대』(P.71)

어느 날 새벽 고명환은 불안한 꿈에서 깨어나자 자신이 중환자실 침대 속에서 온몸이 망가진 흉측한 환자로 변해 있는 것을 발견했다.··· – 명환생각

그레고르에게 인생의 일대 전환기가 찾아왔다. 어느 날 갑자기 그는 벌레로 변했고, 세상의 주인공이던 나는 갑자기 돈을 벌 수 없는 환자로 변했다. 이 변신은 성공이 무엇인지도 모르는 상태에서 앞으로 달려가기에 바빴던 나를 잠시 멈추게 해주었다."(P.18)

의사는 나에게 시간이 사흘 정도 남았으니 유언하라고 일러주었다. 그 순간 내가 그렇게 애지중지하던, 사회생활 전체를 갈아 넣은 봉천동 빌라와 석촌호수 옆 아파트는 안중에도 없었다. 머릿속에 떠오른 생각은 이러했다.

'나는 왜 이렇게 목숨 걸고 돈을 벌고 있는가?'

'8년이 지났는데 그렇게 원하던 대학로 연극 무대는 왜 근처에도 가지 못했는가?'

'돈을 얼마나 벌어야 내가 하고 싶은 일을 할 수 있는가?'

'아니 내가 하고 싶은 일을 하면서 돈을 벌 수는 없는

가?'

한 마리 벌레가 되어서야 세상이 내게 주입했던 '내 생각이 아닌 생각들'을 벗겨버릴 수 있었다. 벌레는 다른 벌레의 눈치를 보지 않는다. 벌레는 재산을 쌓지 않는다. 토끼도, 여우도, 사자도, 소나무도, 꽁치도 남이 시키는 대로 살지 않는다. 오로지 내면에서 나오는 진짜 자신의 목소리인 본능에 따라 산다. 후회하지 않는다.

인간만이 이성을 가졌다. 이성이 있기 때문에 동물과 구별되고, 문명도 발전시켰다. 하지만 한편으로 이성이 인간의 발목을 잡았다.

'저 사람이 나를 무시하지 않을까? 나를 벌레처럼 보이지 않게 하려면 돈을 벌어야 해. 내 꿈보다는 일단 안정적인 상태를 만드는게 중요해.'

나는 중환자실에 누워서 이러한 모든 이성이 내게 던진 말들이 헛된 것임을 깨달았다. 한 마리 벌레가 되어 이성의 구름이 걷히자, 그동안 불가능하다고 믿었던 일들이 얼마든지 가능한 일이었음을 깨달았다.

"한낱 벌레일지라도 자기 의지대로 산다면 그렇게 살

지 않는 인간 보다 낫다." 내가 『변신』을 다시 읽은 후 한 줄로 요약한 문장이다.

내가 태어난 존재 이유로 살아야 한다. 누구의 간섭도 받으면 안된다. 벌레가 되자. 벌레가 된 순간, 인간의 말은 들리지 않는다. 오로지 내면의 나 자신과 대화하라. 진정 내가 원하는 삶이 보이고 들릴 것이다.(P.18~22)

"어쩌면 내가 마땅히 살아야 할 삶을 살지 않은 건 아닐까?…."

모든 생물은 '마땅히 살아야 할 삶'을 살고 있다. 그런데 인간만이 그렇지 않다.

마땅히 살아야 할 삶은 어떻게 사는 것인가?

우리는 어린 시절, 누구나 마땅히 살아야 할 삶을 산다. 내가 어떻게 할 수 없는 시간이다. 생각해 보면 중학교를 졸업할 때까지 자유 의지가 없었다. 고등학생이 되어서야 처음 자유 의지를 실행했다. 대학을 졸업하기도 전에 개그맨이 되었다. 서울에 집도 사고 연예대상에서 상도 받았다. 마땅히 살아야 하는 삶을 잘살고 있다고 생각했다.

"이반 일리치의 진짜 즐거움은 중요한 사회적 지위에 있는 신사 숙녀들을 초대하여 함께 시간을 보내는 작은 만찬을 여는 것이었다….” - 『이반 일리치의 죽음』

이반 일리치의 삶은 말 그대로 '마땅히 그래야 한다고 생각한 대로' 계속 흘러갔다. '유쾌하고 품위 있게.' 내 삶도 유쾌하고 품위 있게 흘러가고 있었다. 오직 성공과 재산을 위해 두세 시간만 자며 달리고 있는 나 자신이 자랑스러웠다. 쉬지 않고 달렸다. '마땅히 어떤 삶을 살아야 하는가?'라는 질문을 던질 여력이 없었다. 그렇게 8년을 쉼 없이 달리다 교통사고가 났다. 그렇게 열심히 준비한 미래를 한순간도 누려보지 못하고 죽는 거지? 그럼 어떻게 살았어야 했단 말인가?

이반 일리치 역시 죽음 앞에 가서야 이런 질문을 던진다. 인간들만 왜 죽음 앞에서 진실을 알게 될까? 심지어 잘못 살아왔다는 사실만 알 뿐 어떻게 살아야 하는 건지는 여전히 알지 못한다. 지금 이 순간을 행복하게 살아야 하는데, 지금을 사는 방법은 무엇인가?

수백 권의 책을 읽고서야 '나'가 아닌 '남'이라는 단어를 발견했다. 나를 위해서 생산하지 말고 남을 위해서 생산한다? 결국 세상에 필요한 가치를 만들면 되겠구나! (P.73~79)

"가장 높은 단계의 선비는 도를 들으면 그것을 성실하게 실천하지만, 중간 단계의 선비는 도를 들으면 반신반의하고, 가장 낮은 단계의 선비는 도를 듣고서도 그것을 크게 비웃어 버린다….." – 『노자의 목소리로 듣는 도덕경』

인간은 누구나 어떻게 살아야 하는지 알고 있다. 그런데 알면서도 그렇게 행동하지 않는 이유는 삶의 기준이 없어서다. 내가 앞서 나열한 '이것'이 좋다는 사실은 모두가 안다. 하지만 실행에 옮기려면 힘이 든다. 고통이 따르기 때문이다. 하지만 '저것'은 쉽고, 편하고, 재미있고, 맛있다. 쾌락만 존재한다. 이제 삶의 기분을 세우자. 내가 지금 하는 일이 노자가 말하는 '이것'인지 '저것'인지, '저것'이면 저쪽으로 던져버리고 '이것'이면 내 쪽으로 취하자. 일단 오늘 당장 핸드폰을 저 멀리 던져버리고 책을 가까이 취하자. 이것만 바꿔도 인생이 성공한다. 놀자를 버리고 노자를 취하라!(P.131)

작가는 고전을 일상에 녹이는 방법으로 단순히 읽는 것을 넘어, 실천하고 변화를 만들어 내는 것이 중요하다고 말한다.

하루는 1440분이다. 1440분 중 30분만 책을 읽는 시간을 가지면 진정 원하는 삶을 살게 될 것이다. 그 책이 고전이면 더 좋다. 고전은 한 번, 두 번 읽을 때마다 나에게 다른 깨달음과 인생의 지혜를 준다.

여러분도 고전 읽기를 이 책 『고전이 답했다』를 읽고 시작하면 좋겠다.

나는 누구인가? 어떻게 살아야 하는가? 무엇을 행해야 하는가? 내가 사는 삶이 잘살고 있는 삶인가에 대해 한 번이라도 생각해 본 사람이라면 이 책에서 해답 찾는 법을 배울 수 있다. 그리고 고전을 읽기 바란다.

생명력을 불어넣어 주는 환상의 클래식
『디어 마이 오페라』, 백재은, 그래도봄

육은숙

백재은은 2005년 뉴욕 메트로폴리탄 오페라 국제 콩쿠르에서 입상, 이듬해 슈리브포트 오페라단에서 두 차례 '올해의 성악가 상'을 수상했다. 대한민국 오페라 대상에서 신인상을 받았고 메조소프라노로 '한국의 카르멘'으로 불리며 국내외 굵직한 공연과 독보적인 연기력으로 국내 클래식 팬들에게 사랑받는 음악가다. 이화여자대학교 초빙교수, 서울대학교와 연세대학교에서 외래교수로 학생들을 가르쳤다. 최근에 예술의 전당과 한화그룹이 후원하는 토요음악회에서 오페라 해설을 맡은 동시에 주연 성악가로 출연했다. 현재 CPBC 평화방송 클래식 라디오(장일범의 유쾌한 클래식)에서 '백재은의 행복한 오페라' 코너를 맡아 음악을 사랑하는 청취자와 만남을 가지고 있다 한다.

이번 책 『디어 마이 오페라』(Dear My Opera)가 첫 출간작인데, 추천 도서로 선정되었고 다양한 장르의 성악곡을 만날 수도 있으니 이러한 면에서 꽤 흥미로운 책이다.

국내외 유수의 오페라 단체에서 '카르멘', '아이다', '나비부인', '카운슬러', '코지 판 투데', '신데렐라', '아랑', '메리 위도우', '외투', '마하고니 도시의 번영과 몰락', '윌리엄 텔' 등 여러 작품에 오페라 주역으로 활동하고 있다. 이외에 폴란드 키푸리 국제 음악 페스티벌의 한국 대표 성악가로 초빙되어 공연했으며, 미국 뉴잉글랜드 챔버오케스트라, 아칸소 오케스트라, 폴란드 국립 오케스트라, 서울시립교향악단, KBS 교향악단, 국립합창단, 서울국제음악제, 부산, 포항, 성남, 대구시향과 같은 국내외 연주단체에서 베토벤, 말리, 모차르트 시마노프스키, 헨델, 바흐 등의 작품에 성악 협연자로 초대되어 무대에 오르고 있다.

또한 '청와대 신년음악회', '예술의전당 신년음악회', '국립오페라단의 오페라 갈라 콘서트', '예술의전당 갈라 콘서트', '평창 동계올림픽 기념음악회' 등에서 호연했으며, 국내 여성 성악가 최초로 슈베르트의 '겨울 나그네' 24곡 전 작품을 예술의전당에서 초연하는 등 다양한 장르의 성악곡을 국내외에 선보이고 있다.

무대 위 오페라 주인공들이 나와는 상관없는 인물들 같지만 사실 그들은 다른 시대 다른 문화의 옷을 입었을 뿐 우리와 다르지 않다. 절망의 감정이나 사랑의 감정은 시대와 나라가 달라도 모두 동일시하기 때문이다. 이런 의미에서 세상 모든 사람은 오페라의 드넓은 세계에 빠져 함께 감동할 수 있는 잠재적인 오페라 팬들이다.(P.6)

장르는 음악책이기는 한데, 에세이의 성격도 담겨 있고, 철학이나 문학의 성격도 가지고 있으며, 오페라를 사랑하는 사람들에게 매우 흥미로운 책일 것이라고 확신한다. 장르의 경계를 넘나드는 책으로 이해하면 좋을 듯하다. 자신이 무대에서 노래하고 연기하기 위해 공부한 작품들이기에 독자들의 이해를 돕고 함께 호흡할 수 있다. 각 부 첫 장의 시놉시스는 우리가 인생에서 꼭 들었으면 하는 열한 편의 오페라를 따뜻하고 아름답게 들려준다. 오페라에 대한 배경 지식과 함께 오페라를 감상할 수 있도록 작곡가와 오페라 이야기를 설명한다. 이 책은 유명한 오페라에 대해 깊이 있는 소개와 분석을 담고 있으며, 독자들은 오페라 배경과 작곡가의 역사적, 예술적 맥락도 이해할 수 있다.

오페라 초보자들은 이 책을 통해 오페라의 기본적인 이해를 쌓을 수 있으며, 기존의 오페라 팬들은 더 깊은 통찰과 새로운 작품을 발견할 수 있다. 작곡가의 전문적인 시각과 섬세한 설명은 유명한 오페라뿐만 아니라 덜 알려진 작품들에 대해서도 관심을 가질 수 있게 만든다.

1부는 베르디 노년의 통찰을 담았다. 팔스타프(1895)에 전 3막으로 작곡은 주세페 베르디이다.

2부는 매혹적인 집시 여성과 순수 청년의 사랑의 무대이다. 카르멘(1875)에 전 4막으로 작곡은 조르주 비제이다. 카르멘을 들으면서 카르멘에 관한 일화를 읽는 것은 정말로 짜릿한 경험이었다.

3부는 일탈한 신부님이 쓴 난봉꾼 귀족 이야기이다. 돈 조반니(1787)에 전 2막으로 작곡은 볼프강 아마데우스 모차르트이다.

4부는 모차르트가 탐낸 인물, 미트리다테스의 이야기이다. 폰토의 왕 미트리다테(1770)에 전 3막으로 작곡은 볼프강 아마데우스 모차르트이다.

5부는 로시니가 만든 강인한 신데렐라 이야기이다. 라 체네렌틀라(1817)에 전 2막으로 작곡은 조아키노 로시니이다.

6부는 낭만의 절정, 19세기 파리를 재현한 무대이다. 라보엠(1896)에 전 4막으로 작곡은 자코모 푸치니이다.

7부는 베르디가 꿈꾼 이탈리아의 독립 이야기이다. 아틸라(1846)에 전 3막으로 작곡은 주세페 베르디이다. 베르디가 배 나온 사람이 부러워서 자기를 팔스타프와 동일시하지는 않았을 것이다. 평생 실패할까 두려운 것이 많았고, 속상한 것도 많았던 그다. 우울했던 베르디가 가장 부러웠던 사람은 평생 자기는 누려보지 못했던 자유

로운 인생을 산 팔스타프가 아니었을까.(P.40)

8부는 푸시킨이 쓰고, 차이콥스키가 완성했다. 에브게니 오네긴(1879)에 전 3막으로 작곡은 표트르 차이콥스키이다. 여전히 통하는 가슴 아픈 사랑 이야기다.

9부는 동백 아가씨와 순애보 사랑 이야기이다. 라 트라비아타(1853)에 전 3막으로 작곡 주세페 베르디이다.

10부는 하고 싶은 이야기가 너무 많다. 캔디드(1956)에 전 2막으로 작곡 레너드 번스타인이다.

11부는 사랑의 여신 비너스의 유혹에 빠진다. 탄호이저(1845)에 전 3막으로 작곡으로 리하르트 바그너이다.

저자는 오페라는 친절하지 않다고 말한다. '아는 만큼 보인다'라는 말이 가장 들어맞는 장르가 오페라일 것이다. 불친절하긴 해도 일단 작품에 등장하는 배경 지식만 갖추면 인생의 여정을 오래 함께할 만한 아주 특별한 친구가 된다.

오페라 속에서 인물을 연기하고 감정을 실어 노래하는 데는 역사, 문학, 시대 배경을 비롯하여 성악가들의 비하인드 스토리까지 많은 공부가 필요하지만, 저자는 이

공부의 과정에서 얻어진 이야기들을 흥미진진하게 그려
냈다. 읽는 내내 즐거운 만담꾼의 이야기를 듣는 것처럼
한참 빠져들었다. 오랜 시간 오페라 무대에 주역으로 활
약한 그녀만큼이나 흥미롭고 행복한 시간이었다.

길道 is

『열하일기熱河日記』, 박지원
고미숙, 김진숙, 김풍기 옮김, 그린비 출판사

임선우

2017년 4월 미·중 정상 만남의 자리에서 미국의 대통령에게 중국을 이끄는 지도자가 '한국은 중국 일부였다.'고 보도된 뉴스가 지금도 생생하게 떠오른다. 그 순간 무엇을 근거로 말할 수 있었는지에 관해 주목하지 않을 수 없게 한다. 알고 보면 대항하는 두 정치 경제 체제는 다르겠지만 우리와는 매우 긴밀한 관계를 맺고 있는 G2 다민족 국가다.

현재 자금성이 있는 북경이 중국의 수도로 자리매김하기까지를 살펴볼 때, 북경北京 지명의 변천에서 그들 한족의 인식을 잘 엿볼 수 있다. 1912년 근대적인 국가체제를 갖춘 국민당 장개석이 세운 중화민국中華民國은 대한제국이 시조를 이어나온 고려시대 때 영향권 아래에 있었던 사경四京 중 하나인 남경南京을 남평, 만리장성 안 지역을 뜻하는 북경을 북평北平으로 고쳐서 수도로 정한 것이다. 여기서 주목해 볼 수 있는 것은 우리 한민족韓民族의 '동쪽의 서울'이란 뜻의 지금의 경주를 동경, 그리고 남경, 개성의 명칭이 중경이었다. 1949년 10월 1일 공산당 모택동은 수도 북평을 다시 북경으로 고쳐서 중화인민공화국(중공)을 세운 것이다. 그래서 국명이 사회주의국가 '중화인민공화국'의 줄임말이다.

우리가 보편적으로 알고 있는 중국에 대한 이해는 이렇다. 기존 중국이라 불린 중화민국과 외교 단절 이후 초창기 중국무역대표부를 필두로 입국하고 중화인민공화국(중공)과 우리나라가 정식수교를 맺은 해는 1992년이다. 이러한 과정이 한국과 중국 두 나라 간의 국제교류 시작이라고 이해할 수 있다. 요즘에 와서는 고대 화하족華夏族이 황하 유역에 세운 나라를 가리키는 의미를 포함

하여 공식적으로 55개 소수민족과 살아가는 대륙을 일
반명칭으로 중국이라고 말한다. 이와 같은 일반화의 의
미하는 바를 두고 이유는 다르겠지만 나의 입장에서 과
거의 기록을 아니 찾아볼 수 없었다.

조선 후기 문학가이자 실학파 박지원(1737~1805)은 후세
에게 주목할 만한 가치가 있다고 생각한 일들에 관한 경
험적 자료를 기록으로 남겼다. 그것은 올곧은 학자 자신
의 소신을 밝힌 필사본『열하일기』다.『열하일기』에 관해
서는 대체로 1589년 애신각라愛新覺羅 가문의 누르하치가
무순성을 함락시킨 후 16세기 후반 동만주와 연해주에
살던 반농 반수렵의 퉁구스계系의 통합을 위한 군사·사
회적 시스템의 팔기군을 창설하고 심양에서 후금을 태동
으로 세운 청나라 건륭황제의 70세 생일 축하 길에 이국
의 신문물을 경험한 여행기로 사행록으로도 알려져 있
다. 예로부터 사행은 나라와 나라 간의 맺어진 외교 정책
일환으로 행해지는 것으로 널리 알려진 사실이다.

연암은 호이며, 자는 중미仲美이고 시호는 문도文度다.
조선시대의 기록유산은 많이 전해지고 있다. 그중『열하

일기』가 기록된 시기는 18세기이다. 지금으로부터 245년 전, 조선 후기 박지원이 44세(1780년) 되던 해이다. 국가의 수도는 한양이었으며 국가 개혁과 문화 융성으로 널리 알려진 정조 임금 시기이다. 연암은 삼종형인 정사 박명원의 개인 수행원 자격으로 청나라 수도 연경(베이징)을 다녀올 절호의 기회를 얻게 된다. 그래서 연행록이라 불린다. 때마침 건륭황제가 피서산장避暑山莊에 머무르고 있다는 전갈을 받는다. 그래서 연경에 도착한 연행단은 중원 대륙을 넘어 700리 더 가서 서쪽 내몽고 자치구가 교차하는 지역까지 방문할 수 있었다. 청나라의 지배층이 만주족이라는 점에 주목할 필요가 있다. 주인이 바뀐 오늘날은 내몽골, 티벳, 위그루 지역 등은 뜨거운 화약고처럼 민감한 지역이기도 하다.

조선 후기 『열하일기』 저자 연암은 5월에 떠나 10월에 귀국하여 자신이 방문한 장소에서 공식, 비공식을 구분하지 않고 말과 사물까지 발굴하여 기록했다. 유적지는 물론 필담으로 청국의 골목 안 만주족은 물론 소수민족으로 살고 있는 조선사람, 한족, 몽골, 위구르, 티베트 등 청나라의 민생까지 낱낱이 살피고 혼쭐이 났던 많은 일들까지 재미있게 『열하일기』에 고스란히 담아냈으므로 독자에게도 의미 있는 질문이 떠오른다. 조선의 실상과 문제를 깨닫도록 청나라의 선진 문물은 물론 폐쇄적인 소중화小中華를 자부하는 조선의 지식인들에게 왕복 총 3천 리가 넘는 물리적 거리를 초월한 정보를 생생하게 기록하여 전해주는 것이다. 학자 개인에 있어서는 상고시대의 근거 자료를 인용한 정확한 한자의 기록에서 학문의 기본기에 충실한 지식인의 면모가 돋보인다.

사실, 1372년 고려(Coree)가 세계 최초 납으로 만든 활자라고 세계기록 유산자문회의 공인이 2001년에 이르러서다. 청나라 여행기로 알려진 책이었음에도 쇄국 조선에서의 『열하일기』는 연암 생전에 몇몇 필사본으로만 전승되었을 뿐 왜 근대에 이르기까지 금서로 알려졌을까? 순간 나에게도 새로운 의문이 일어났다. 책은 인쇄 기술의 영향 아래 발전할 수 있는 것으로서 인쇄 사료로 계승되지 못한 실정의 조선 후기 연암은 『열하일기』를 통해서 선진 청나라를 비중 있게 다루고 있다. 각 장소의 명칭과 다양한 정보가 기록되어 있어 청나라에 대해 많은 사실을 알려준다. 특히 청국의 지형 관련 역사기술은 폭넓은 앎이 없이는 매우 어려운 부분이라는 점을 강조하면서 270년 동안 청나라에 대한 새로운 이해의 장으로 이끌어준다.

도강록渡江錄(上, P.44~45)

"후삼경자 우리나라 성상 4년(청나라 건륭 45년, 정조 4년, 1780년) 6월 24일 신미일. 아침에 비가 내렸다. 온종일 비는 오락가락."

후삼경자는 조선의 사대부들이 명나라 연호 '송정 기원후'를 고수하는 사관을 들추기 위해 열거한 것이다. 당시 폐쇄된 사회 인식에 관해 명나라에 대한 충성 즉 두마음을 품지 않는 것은 반대로 청나라에 대한 적대감을 드러내고 있음을 에둘러서 말하고 있는 것으로 이해된다. 『열하일기』를 기록할 당시 없어진 명나라는 겨우 277년 동안 존속했음에도 전통과 관습 등 유교의 가르침 군신 관계를 기본으로 여기는 뿌리 깊은 총체적인 학문學文의 인식을 빗대서 표현한다. 사서 경전만을 익혀서 치르는 과거 시험, 사회를 무겁게 짓누르며 타협을 모르는 당쟁 같은 내부 분열 등 독단적인 관료적 정치사회를 비평적으로 바라볼 수 있도록 일깨워 주고자 청나라를 경험하고 온 연암의 이런 글쓰기 형식이 당대 글쓰기의 역설이 아닐까. 이로써 열하일기는 조선시대 기록문화 중에 조선 후기 사실들에서 현재의 우리를 반추하게 한다.

"오후에 압록강을 건너 30리 더 가 구련성九連城에서 노숙하였다. 밤에 큰비가 퍼붓더니 곧 그쳤다."

구련성은 명나라가 외적 침입으로부터 보호하고자 9개의 성을 쌓은 것으로 모두 북부 변경의 만리장성 안쪽이었다.(변경의 문이라는 뜻으로 의주에서 압록강을 건넌 조선 사신이 가장 먼저 도착하는 곳이다.) 압록강에서 130여 리에 위치하였던 명·청 사이의 국경선인 책문柵門은 압록강 북쪽 봉황성이다.

이렇게 조선 후기의 국내, 국외의 시대적 상황과 이해 없이는 특히 고대의 동아시아 공용어인 한자로 쓰인 원서 『열하일기』를 읽기는 애초부터 불가능할 수 있다. 글쓴이 연암은 폐쇄적인 조선 사회를 벗어나고자 시대에 따라 글자가 달라지면 의미는 물론 읽기도 달라 그에 따른 해석과 거리와 위치도 달라졌다는 것을 알게 해 주는 대목이다. 한족이 청나라의 소수민족으로, 이 기록을 읽는 이가 알기를 바라는 학자의 간절한 의도가 담긴 조선인이 기록한 『열하일기』는 그래서 단순한 여행기가 아닌 터부시하는 오래된 기억을 들춰내는 것으로써 금서로의 낙인이 아닌가 한다.

"처음에 용만(龍彎, 의주관義州館)에 묵고 있는 열흘 사이…. 그 사이 날씨는 활짝 개어 나흘이나 지났으나, 물살은 점점 더 심하여 나무고 돌이 함께 굴러내려 흙탕물은 하늘가로 이어진다. 압록강의 발원지가 그만큼 먼 까닭이다."

용만龍彎은 의주이며, 연암은 고조선의 영토 국경 문제를 강줄기로 거론한다. 토문강土門江은 지금의 두만강이 아닌 백두산에서 발원한 송화강 상류라고 하는 것을 증명해 주는 것이다. 20세기 초 발행된 중국 역사 지리책에 송화강 상류에 토문강이라고 분명히 기재되었던 것이 이를 뒷받침해 주고 있는 자료가 될 것이다. 청나라 때는 압록강 북녘 고구려 옛 땅은 성경盛京, 길림吉林, 흑룡강黑龍江을 말한다. 수천 년 내려온 옛 지명을 알고서도 그 지명이 어디쯤인가를 찾기가 어려우며 이는 시대에 따라 달리 기록되고, 출신지에 따라 기록이 다르다고 비교 제시하며 확인한다.

『당서唐書』에 따르면, 고려의 '마자수馬訾水'는 그 근원이 말갈靺鞨의 백산白山에서 나오는데, 물빛이 오리 대가리 빛처럼 푸르다 해서 '압록강鴨綠江'이라고 불린다. 백산은 장백산長白山으로, 『산해경山海經』에는 '불함산'이라 했고, 우리나라에서는 '백두산'이라 한다. 백두산은 여러 강물의 발원지인데, 그 서남쪽으로 흐르는 강이 압록강이다.

당나라 책은 당나라의 역사를 기록한 것이다. 마자수馬訾水는 '압록강'의 옛 이름이 기록되어 있다는 것을 논증한다. 10세기 오대십국 시대 후진에서 편찬된 당나라를 다룬 역사책이다. 처음에는 당서로 불렸으나 송대에서 새로 편찬하여 구당서로 불린다. 신당서는 11세기 북송에서 새로 편찬한 당나라의 역사서이다. 구당서의 문제점을 바로잡고자 인종의 칙명으로 새로 편찬한 것이라

고 한족의 후세들은 드러내 놓고 개작을 명시하여 밝힌
다. 결론적으로 반박할 수 없는 발해조선 관련 기록이 담
겨 있는 세계적으로 공인받은 명저 상고시대의 『산해경』
을 인용한다. 사실, 『사기』를 지은 사마천도 인용해 사료
적 가치로는 최고로 알려진 『산해경』이다. 불함산이 조선
의 백두산으로 불리고 있다는 구체적인 사실에 일관성을
가지고 역사적 사실로 밝힌다. 기록된 책보다 세상살이
의 변화가 더 큰 흐름이라는 것을 보여주는 대목이다. 이
책 제목을 이해할 수 있는 중요한 열쇠이기도 하겠다. 왜
자국의 역사서가 아닌 타국의 역사서를 가지고 논증해야
하는 것인가? 연암이 묻고자 하는 것이다.

『황여고皇興考』에는, "천하에 큰 강 셋이 있는데 황하,
장강, 압록강이다." 하였고, 진정이 쓴 『양산묵담兩山墨覃』
에는, "회수淮水 이북은 북조北條(북쪽 갈래)라 일컬어서 모
든 물이 황하로 모여들므로 강으로 이름 지은 것이 없는
데, 다만 북으로 고려에 있는 것을 압록강이라 부른다."
하였다.

고대로부터 기록된 지명의 변천은 물론 달리 불리고

있는 이유, 위치에 관해서만 보아도 당시의 사상과 철학으로 인해 글쓰기 방식이 자유로울 수 없었다는 것을 알 수 있다. 말과 글에 관하여 연경에서 필담으로는 능하나 문자를 시작으로 말을 배우는 우리와는 달리 청나라 사람들은 말을 출발로 글자를 배워나가므로 문장법이 다르다는 것을 일깨워 주는 대목이다.(下 P.316~317) 한자로 쓰여진 각각의 기록물과 명칭이 달리 불리고 있는 사실에서 어느 나라 사람이 번역하느냐에 따라 글자가 의미하는 바가 다르므로 해석 또한 달라진다는 것에는 이견이 없을 것이다.

  글쓴이가 열하의 지명이 얼마나 중요한지 물으려 글을 쓰고자 했으니 그 주제와 연관됨을 드러내 준다는 것에서 살펴보아야 할 것이다. 분명한 것은 나라 밖 세계의 변화를 경험하고 조선이 당면해 있는 강줄기의 근원根源에 관하여 우리가 떠받들어야 할 고구려 시조에 관해 주장하기를 주저하지 않는다. 잘못된 역사 인식을 마주한 오늘 중원의 나라가 있다가도 없어진 역사적 사실, 연암과 그의 후손 우리에게는 그리 막연한 것이 아님에 커피

알갱이를 씹은 듯 머리끝이 쌉싸르해 진다.

『열하일기』로 나오기까지 우리의 선인들이 걸어온 연행록에서 연암이 주목한 것이 무엇인가? 그 이유를 찾아 나서기 위해, 제대로 알기 위해서 더 많이 올바르게 읽혀 밝혀져야 할 것이다. 이 책은 오늘날에도 살아 움직인다. 또한 한 사회의 오래된 규칙 등을 보면서 현재를 살아가는 우리에 대한 이해가 명확해진다. 그래서 더욱 주의를 기울여 가며 읽기를 권한다. 『열하일기』는 우리와 세계를 바라보고 이해할 수 있는 새로운 안목을 제시해 줄 것이다. 조선 후기 학자 연암은『열하일기』를 통해 우리가 수동적으로 수용하고 있는 관행까지 깨어 살펴서 되돌아보고 좀 더 세밀히 볼 수 있기를 당부하고 있다고 나는 믿는다.

참고문헌

삼백강(2024), 『사고전서四庫全書』에 나타난 발해조선의 역사, 서울 : 바른역사.

시대정신이 된 양자의학

『양자의학 새로운 의학의 탄생』, 강길전, 홍달수, 돌을새김

조 대 희

병을 치료하는 것을 목적으로 하는 것이 의학이다. 의학의 목표는 하나지만 여러 갈래가 있다. 그런데 왜 동양의학 서양의학 대체의학이 서로 배타적일까? 왜 지금 양자의학이 주목 받을까?와 같은 문제에 답을 알고 싶다면 이 책을 읽어볼 만하다.

저자는 오랜 의사 생활에서 현대의학에 한계를 느끼고 양자역학을 도입하여 현대의학의 맹점을 극복하기 위해 노력했다. 그 일환으로 『양자의학』과 『대체의학의 이론과 실제』를 썼다. 그동안 현대의학을 굳게 믿어 왔던 사람뿐

아니라 의심하고 있는 사람에게도 인스피레이션을 줄 수 있겠다.

현대의학은 육체에 대해서만 질병의 원인, 진단 및 치료를 논하는 데 비해 양자의학은 육체만이 아닌 마음의 병까지도 진단하고 치료하는 것을 말한다. 양자의학은 우리 인체를 몸 마음 양자장의 3중 구조로 파악하여, 몸과 마음이 양자파동장(Quantum wave field)으로 연결되어 있으므로 마음의 문제가 매우 중요하다는 점에 주목했다. 몸이 정상적으로 작동하기 위해 몸과 마음이 연결되어 있으며 이 두 가지를 연결하는 것이 바로 양자파동장(Quantum wave field)이므로 양자의학을 마음의 의학이라고도 한다. 그래서 지금까지의 현대의학은 의사가 중심인 의학이지만, 다가오는 양자의학은 환자가 중심인 의학이라고 할 수 있다.

저자는 양자의학을 소개하기 위해서 물리학의 논쟁거리였던 코펜하겐 해석(Copenhagen Interpretation)을 가져와서 설명하고 있다. 빛은 물질인가? 비물질인가? 빛이 물질과 비물질의 성질을 동시에 갖는 것처럼 전자도 물질과 비물질의 성질을 갖는다. 빛이나 전자는 중간 매개체 없이도 전달되기 때문이다. 그러므로 빛과 전자는 파동(wave)이면서도 입자(particle)라는 이중성(duality)을 갖는다. 양자역학에서 전자의 위치와 운동량을 동시에 측정할 수 없다는 코펜하겐 해석(Copenhagen Interpretation)과 결이 다른 것이 데이빗 봄(David J. Bohm)[1]의 봄 해석(Bohm Interpretation)이다. 이 이론은 우리에게 관찰되지 않는 변수가 있다고 해서 숨은 변수 이론(Hidden Variable Theory)으로도 알려져 있다.

코펜하겐 해석이 불완전한 것은 바로 "숨은 변수" 때문이라고 해석하여 양자물리학의 폭을 한층 더 넓혔다고 할 수 있다. 1950년대 메카시즘(McCarthyism)[2] 열풍 때문에 봄의 숨은 변수이론은 제대로 평가받지 못했고 미국을 떠나서 정치적 망명을 해야만 했다. 그러나 1990

---

1) 1917~1992년 20세기 양자물리학에 공헌한 이론물리학자. 코펜하겐해석과는 다른 봄 해석(Bohm interpertation: 숨은 변수 이론, 드브로이-봄 이론)을 주장.
2) 1950~1954년 미국에서 일어난 공산주의자 색출소동. 이때 공산주의자 혐의자들이 피해를 입었다.

년대 이후부터 이야기는 달라진다. 양자물리학은 고전물리학과 충돌하지 않으면서 거시(macro-scopic)세계와 미시(micro-scopic)세계를 이어주는 중시(meso-scopic)세계를 잘 해석하고 있어서 양자장이론으로서 재평가 받게 되었다.[3] 이러한 해석이 반영된 책으로 양자생물학(Quantum Biology, Glen Rein), 에너지의학(Energy Medicine, James Oschman), 필드(Field, Lynn McTaggart), 인체와 전기(The Body Electric, Rovert O.Bercker, MD) 등을 들 수 있겠다.

그래서 이 책은 2013년에 나왔지만 2025년 지금도 살아서 꿈틀거리고 있다. 그 핵심인 숨은 변수 이론(Hidden Variable Theory)은 아직도 우리에게 유효한 과학적 진리다. 아직도 현대의학은 인체를 물질적 존재로 인식하여 마음의 존재를 받아들이지 않고 물리적 존재로 인체를 치료하고 있다.

환자는 물질이므로 스스로 치유할 수 있는 방법이 없

---

3) "거시양자현상"을 연구하는 "신경-양자학"(neuro-quantology) "거시-양자"(macro-quantum) 연구자들이 1996년 이후 노벨물리학상을 받으면서 봄(Bohm)의 이론이 증명되고 있다

으므로 의사의 손을 빌려서 치료해야 한다는 측면에서
유물론적이다.(P.106)

인체를 독립된 부분으로 구성된 기계라고 생각한다.
따라서 병든 장기는 고장난 부품으로 생각하고 고장난
부분만 집중적으로 치료한다. 인체는 기계이며 질병은
기계가 고장난 결과이며 의사의 역할은 기계를 수리하는
것이라고 생각한다.(P.107)

이에 비해 양자의학은 유물론과 유심론을 합친 의학으
로써 유기체적 비국소적인 의학이므로 의사중심이라기
보다 환자중심의학이라고 할 수 있다.(P.108)

드디어 2022년 양자얽힘(quantum entanglement)과 비국소
성(Non-locality) 증명으로 "알랭 에스펙(Alan Aspect), 존 클라
우져(J. Clauser), 안톤 자일링거(Anton Zeilinger)"가 노벨물리
학상을 받으면서 봄의 숨은 변수 이론은 증명되었다. 이
들의 연구는 양자컴퓨터와 관련하여 최근 양자통신, 양
자암호기술로 더욱 주목받고 있다.

1971년 현대의학을 과신한 닉슨 대통령은 30년 내 암
정복을 선언했다. 1990년 부시 대통령은 인간 게놈 프로

젝트(Human Genome Project)를 시작하면서 인간 유전자 지도를 완성하면 15년 후 모든 질병을 고칠 수 있다고 했다. 모든 선언은 실패했다. 2022년 미국의 바이든 대통령은 더 이상 암을 정복하겠다는 주장 따위는 하지 않는다. 대신에 구멍이 숭숭 뚫린 의료제도와 보험제도를 이용하여 암을 비롯한 모든 병을 잘 관리해 주겠다고 한다. 안타깝지만 미국의 암 정책이 바뀔 때마다 따라가고 있는 것이 우리의 현실이다.

오바마 대통령은 한국 의료보험제도가 모범사례라고 한다. 우리의 의료제도 뒤에는 대체의학 동양의학 양자의학이 있다. 의사 약사 한의사가 아무리 파업이나 이권 다툼을 해도 우리나라의 의료제도는 점점 민주화되고 있다. 오랫동안 베일 속에 있었던 의료정보가 공개되고, 일방통행 아닌 쌍방향소통으로 민주적 의료선택이 가능한, 환자가 중심이 되는 의학의 시대가 오고 있다. 그런 의미에서 이 책은 우리에게 시대정신에 대한 영감을 던져준다.

연혁

2016.02.01. 학이사독서아카데미 설립

2016.04.07. 학이사독서아카데미 1기 개강(주강: 문무학 시
인, 장소: 학이사도서관)

2016.05.05. 시민과 함께하는 문학기행 – '완행열차 타고 책
읽기'(동대구–부산 기장, 지정도서: 조두진 소설
『북성로의 밤』)

2016.06.30. 학이사독서아카데미 1기 수료식(학이사도서관)

2016.08.11. 서평모음집 · 1『册을 責하다』 발간, 출판기념회

2016.09.01. 학이사독서아카데미 2기 개강(주강: 문무학 시
인, 장소: 학이사도서관)

2016.10.11. 책방에서 만나다(영풍문고 대백점)

2016.10.22. 시민과 함께하는 책 읽기 – '숲속에서 책 읽기:
숲에서 오감을 마시다' (화원동산)

2016.11.30. 학이사독서아카데미 2기 수료식(학이사도서관)

2016.12.09. 시민과 함께하는 문학기행 – '대마도 하루 만에
읽기: 소설『덕혜옹주』현장을 찾아서'
(일본 대마도)

2016.12.20. 독서동아리 '책 읽는 사람들' 설립(1대 회장: 정송)

*

2017.01.17. 책 읽는 사람들 독서토론(『달과 6펜스』, 월리엄
          서머싯 몸)

2017.02.21. 책 읽는 사람들 독서토론(『구운몽』, 김만중)

2017.03.14. 책 읽는 사람들 독서토론(『동물농장』, 조지 오웰)
          서평모음집 · 2 『篤하게 讀하다』 발간, 출판기념회

2017.04.06. 학이사독서아카데미 3기 개강(주강: 문무학 시
          인, 장소: 학이사도서관)

2017.04.18. 책 읽는 사람들 독서토론(『삼국유사』, 일연)

2017.05.06. 책 읽는 사람들 매일신문 토요일판 '내가 읽은
          책' 코너 시작

2017.05.16. 책 읽는 사람들 독서토론(『문학이란 무엇인가?』,
          장 폴 사르트르)

2017.06.06. 시민과 함께하는 문학기행 – '소설 『현의 노래』
          현장을 찾아서' (경북, 고령)

2017.06.13. 책 읽는 사람들 독서토론(『이상 소설 전집』, 이상)

2017.06.30. 학이사독서아카데미 3기 수료식(대구출판산업
          지원센터)

2017.07.11. 책 읽는 사람들 독서토론(『한여름 밤의 꿈』, 월리
엄 셰익스피어)

2017.08.22. 책 읽는 사람들 독서토론(『금오신화』, 김시습)
서평모음집 · 3 『討論을 討論하다』 발간, 출판기
념회
학이사독서아카데미 백승희 원장(사랑모아통증
의학과 원장) 취임

2017.09.07. 학이사 독서아카데미 4기 개강(주강: 문무학 시
인, 장소: 학이사도서관)

2017.09.18. 책 읽는 사람들 독서토론(『그리스 로마 신화 1』,
이윤기 번역)

2017.10.01. 제1회 사랑모아독서대상-서평 공모(17.12.29.
까지. 주최: 학이사독서아카데미, 사랑모아통증
의학과. 후원: 한국출판학회, 매일신문, 한국지역
출판연대)

2017.10.16. 책 읽는 사람들 독서토론(『그리스 로마 신화 2』,
이윤기 번역)

2017.11.05. 시민과 함께하는 문학기행 − 『삼국유사』 현장을

찾아서' (경북 군위 인각사)

2017.11.20. 책 읽는 사람들 독서토론(『남아 있는 나날』, 가즈
오 이시구로)

2017.11.30. 학이사독서아카데미 4기 수료식(학이사도서관)

2017.12.18. 책 읽는 사람들 독서토론(『그리스 로마 신화 3』,
이윤기 번역)

*

2018.01.15. 책 읽는 사람들 독서토론(『거꾸로 읽는 그리스로
마신화』, 유시주)
(2대 회장: 강종진)

2018.01.19. 제1회 사랑모아독서대상 시상식(대구출판산업지
원센터 다목적홀), (대상: 민희은, 최우수상: 김준
현, 우수상: 허소희)

2018.02.26. 책 읽는 사람들 독서토론(『욕망이라는 이름의 전
차』, 테네시 윌리엄스)

2018.03.19. 책 읽는 사람들 독서토론(『무정』, 이광수)

2018.03.26. 서평모음집 · 4 『文을 閒하다』 발간

2018.04.05. 학이사독서아카데미 5기 개강(주강: 문무학 시
인, 장소: 학이사도서관)

2018.04.16. 책 읽는 사람들 독서토론(『브람스를 좋아하세
요』, 프랑수아즈 사강)

2018.04.23. 세계 책의 날 기념 행사 – '책으로 마음 잇기'(감
명 깊게 읽은 책 교환하기)

2018.05.12. 지역 어린이를 위한 인형극 공연 – '러시아 지코
프 인형극단'(학이사도서관)

2018.05.28. 책 읽는 사람들 독서토론(『홍길동전』, 허균)

2018.06.06. 시민과 함께하는 문학기행 – '『무영탑』, 현진건
현장을 찾아서' (경북, 경주)

2018.06.25. 책 읽는 사람들 독서토론(『고도를 기다리며』, 사
무엘 베케트)

2018.06.28. 학이사독서아카데미 5기 수료식(학이사도서관)

2018.07.16. 책 읽는 사람들 독서토론(『춘향전』, 김광순 역주)

2018.08.01. 제2회 사랑모아독서대상–서평 공모(주최: 학이
사독서아카데미, 사랑모아통증의학과. 후원: 한
국출판학회, 매일신문, 한국지역출판연대)

2018.08.20. 책 읽는 사람들 독서토론(『호밀밭의 파수꾼』, 제
롬 데이비드 샐린저)

2018.09.17. 책 읽는 사람들 독서토론(『무진기행』, 김승옥)

2018.10.15. 책 읽는 사람들 독서토론(『폭풍의 언덕』, 에밀리
브론테)

2018.11.19. 책 읽는 사람들 독서토론(『마당 깊은 집』, 김원일)

2018.12.17. 책 읽는 사람들 독서토론(『설국』, 가와바타 야스
나리)

2018.12.21. 제2회 사랑모아독서대상 시상식(대구출판산업지
원센터 다목적홀),(사랑모아 독서상: 김용만, 한
국출판학회장 독서상: 김봉성, 학이사독서아카데
미 독서상: 손인선)(기업상: 강경숙칠판, 건국철
강, 롯데관광대구동구점, 북맨제책사, 성원정보기
술, 스페이스&창, 승원종합인쇄, 신흥인쇄, 연합
출력, 한일서적, 한터시티, KNC)

*

2019.01.21. 책 읽는 사람들 독서토론(『눈길』, 이청준)

2019.02.18. 책 읽는 사람들 독서토론(『지킬박사와 하이드』,
로버트 루이스 스티븐슨)

(3대 회장: 배태만)

2019.03.18. 책 읽는 사람들 독서토론(『오만과 편견』, 제인 오
스틴)

2019.04.01. 서평모음집 · 5『評으로 平하다』 발간

2019.04.04. 학이사 독서아카데미 6기 개강(주강: 문무학 시
인, 장소: 학이사도서관)

2019.04.15. 책 읽는 사람들 독서토론(『아큐정전』, 루쉰)

2019.04.23. 세계 책의 날 기념 행사 – '책으로 마음 잇
기'(423명의 대구시민에게 작가 50인의 책 무료
나눔, 감명 깊게 읽은 책 교환, 교육평론가 윤일
현의 '4차 산업혁명과 책' 특강)

2019.05.27. 책 읽는 사람들 독서토론(『그리스인 조르바』, 니
코스 카잔차키스)

2019.06.06. 시민과 함께하는 문학기행 – '『춘향전』 현장을
찾아서' (전북 남원, 삼례)

2019.06.17. 책 읽는 사람들 독서토론(『마음』, 나쓰메 소세키)

2019.06.27. 학이사독서아카데미 6기 수료식(학이사도서관)

2019.07.15. 책 읽는 사람들 독서토론(『데미안』, 헤르만 헤세)

2019.08.19. 책 읽는 사람들 독서토론(『열하일기 1』, 박지원)

2019.08.20. 제3회 사랑모아독서대상－서평 공모(19.11.20.
까지. 주최: 학이사독서아카데미, 사랑모아통증
의학과. 후원: 한국출판학회, 매일신문, 한국지
역출판연대)

2019.09.16. 책 읽는 사람들 독서토론(『열하일기 2』, 박지원)

2019.10.21. 책 읽는 사람들 독서토론(『열하일기 3』, 박지원)

2019.11.18. 책 읽는 사람들 독서토론(『긴 이별을 위한 짧은
편지』, 페터 한트케)

2019.12.17. 제3회 사랑모아독서대상 시상식(대구출판산업지
원센터 다목적홀),(사랑모아독서대상: 장창수, 한
국출판학회장상: 최성욱, 학이사독서아카데미상:
손인선)(기업상: 강경숙칠판, 건국철강, 걸리버인
쇄, 동성패키지, 롯데관광대구동구점, 북맨제책
사, 사과나무치과, 상산건설, 성원정보기술, 스페
이스&창, 승원종합인쇄, 신흥인쇄, 아이앤피, 연

합출력, 예진디자인, 조광포장, 법률사무소조은,
케이앤씨, 한일서적, 한터시티)

*

2020.01.20. 책 읽는 사람들 독서토론(『방랑자들』, 올가 토카
르추크)

2020.02.17. 책 읽는 사람들 독서토론(『모비 딕』 상, 허먼 멜빌)

2020.03.16. 책 읽는 사람들 독서토론(『모비 딕』 하, 허먼 멜빌)

2020.04.01. 서평모음집 · 6 『章으로 娄하다』 발간

2020.04.20. 책 읽는 사람들 독서토론(『한중록』 상, 혜경궁
홍씨)

2020.05.18. 책 읽는 사람들 독서토론(『한중록』 하, 혜경궁
홍씨)

2020.06.15. 책 읽는 사람들 독서토론(『페스트』, 알베르 카뮈)

2020.07.20. 책 읽는 사람들 독서토론(『유배지에서 보낸 편
지』, 정약용)

2020.08.24. 책 읽는 사람들 독서토론(『멋진 신세계』, 올더스
헉슬리)

2020.09.10. 제4회 사랑모아독서대상-서평 공모(20.11.15.
까지. 주최: 학이사독서아카데미, 사랑모아통증
의학과. 후원: 한국출판학회, 매일신문, 한국지
역출판연대)

2020.09.21. 책 읽는 사람들 독서토론(『광장』, 최인훈)

2020.10.19. 책 읽는 사람들 독서토론(『변신』, 프란츠 카프카)

2020.11.23. 책 읽는 사람들 독서토론(『사씨남정기』, 서포 김
만중)

2020.12.18. 제4회 사랑모아독서대상 시상(코로나로 인해 택
배 발송),(사랑모아독서대상: 윤은주, 한국출판학
회장상: 김남이, 학이사독서아카데미상: 박선아)
(기업상: 강경숙칠판, 건국철강, 걸리버인쇄, 바
론마스크, 북맨제책사, 상산건설, 성원정보기술,
신흥인쇄, 아이앤피인쇄, 연합출력, 예진디자인,
월드인쇄, 조은법률사무소, 한일서적)

2020.12.21. 책 읽는 사람들 독서토론(『위대한 개츠비』, 프랜
시스 스콧 피츠제럴드)

*

2021.01.18. 책 읽는 사람들 독서토론(『임경업전』, 작자 미상)

2021.01.19. '책으로 노는 사람들'로 독서동아리 명칭 변경

2021.02.15. 책으로 노는 사람들 독서토론(『안나 카레니나 1』,
레프 톨스토이)

2021.03.15. 책으로 노는 사람들 독서토론(『안나 카레니나
2』, 레프 톨스토이)

2021.04.19. 책으로 노는 사람들 독서토론(『안나 카레니나
3』, 레프 톨스토이)

2021.04.23. 세계 책의 날 기념 – 코로나 퇴치 기원–향토 작
가 '4+23' 초대 도서전(라일락뜨락 1956, 23일
~30일까지 대구 코로나19 기록 도서 4종, 대구
작가 23명 도서 전시)

  – 대구 코로나19 기록 도서 4종: 『그때에도 희망을
가졌네』, 『그곳에 희망을 심었네』, 『아침이 오면 불
빛은 어디로 가는 걸까』, 『등불은 그 자체로 빛난다』

  – 대구 작가 23명: 문무학, 이해리, 채형복, 김종
필, 김창제(시), 임언미, 임창아, 천영애, 박기옥

(산문), 권영희, 이초아, 한은희, 정순희, 권영세, 서미영, 손인선, 심후섭, 김상삼(아동문학), 윤일현, 이재태, 정홍규, 최상대(인문), 장정옥(소설)

2021.05.17. 책으로 노는 사람들 독서토론(『마당을 나온 암탉』, 황선미)

2021.06.21. 책으로 노는 사람들 독서토론(『클라라와 태양』, 가즈오 이시구로)

2021.07.19. 책으로 노는 사람들 독서토론(『흥보전』, 작자 미상)

2021.08.16. 책으로 노는 사람들 독서토론(『앵무새 죽이기』, 하퍼 리)

2021.09.02. 학이사독서아카데미 7기 개강(주강: 문무학 시인, 장소: 학이사도서관)

2021.09.15. 제5회 사랑모아독서대상-서평 공모(21.11.20.까지. 주최: 학이사독서아카데미, 사랑모아통증의학과. 후원: 한국출판학회, 매일신문, 한국지역출판연대)

2021.09.20. 책으로 노는 사람들 독서토론(『인간실격』, 다자이 오사무)

2021.10.18. 책으로 노는 사람들 독서토론(『시가 인생을 가르

쳐준다』, 나태주)

2021.11.15. 책으로 노는 사람들 독서토론(『붉은 수수밭』, 모옌)

2021.11.25. 학이사독서아카데미 7기 수료식(학이사도서관)

2021.12.20. 책으로 노는 사람들 독서토론(『크리스마스 캐

럴』, 찰스 디킨스)

매일신문 토요일판 '내가 읽은 책' 코너 200회 기

념 서평모음집 『내가 읽은 책-200권의 책, 200

가지 평』 발간

2021.12.23. 제5회 사랑모아독서대상 시상식(학이사도서

관),(사랑모아독서대상: 손인선, 한국출판학회장

상: 이은주, 학이사독서아카데미상: 박수자)(기

업상: 가람섬유, 건국철강, 라일락뜨락1956, 북

맨제책사, 뷰티코하트, 사과나무치과, 상산건설,

스타커뮤니케이션즈, 엄복득장학회, 예진디자인,

월드인쇄, 정명희소아청소년과, 정순희독서논술

마을, 한일GnT Speech, 한터시티건축)

2022.01.17. 책으로 노는 사람들 독서토론(『인연』, 피천득)

(4대 회장: 최지혜)

2022.02.21. 책으로 노는 사람들 독서토론(『명상록』, 마르쿠스 아우렐리우스)

2022.03.21. 책으로 노는 사람들 독서토론(『방망이 깎는 노인』, 윤오영)

2022.04.18. 책으로 노는 사람들 독서토론(『수상록』, 미셸 드 몽테뉴)

2022.05.16. 책으로 노는 사람들 독서토론(『백초당 아이』, 정순희)

2022.06.01. 시민과 함께하는 문학기행 – '미당 서정주의 자취를 찾아서'(전북 고창)

2022.06.15. 서평모음집 · 7『作은 嚼이다』 발간

2022.06.20. 책으로 노는 사람들 독서토론(『베이컨 수상록』, 프랜시스 베이컨)

2022.07.18. 책으로 노는 사람들 독서토론(『애정은 기도처럼』, 이영도)

2022.08.22. 책으로 노는 사람들 독서토론(『에머슨 수상록』,
랄프 왈도 에머슨)

2022.09.01. 학이사독서아카데미 8기 개강(주강: 문무학 시
인, 장소: 학이사도서관)

2022.09.15. 제6회 사랑모아독서대상-서평 공모(22.11.20.
까지. 주최: 학이사독서아카데미, 사랑모아통증
의학과. 후원: 한국출판학회, 매일신문, 한국지
역출판연대)

2022.09.19. 책으로 노는 사람들 독서토론(『인간실격』, 다자
이 오사무)

2022.10.17. 책으로 노는 사람들 독서토론(『상처는 별의 이마
로 가려야지』, 김남이)

2022.11.21. 책으로 노는 사람들 독서토론(『얼어붙은 여자』,
아니 에르노)

2022.11.24. 학이사독서아카데미 8기 수료식(학이사도서관)

2022.12.19. 책으로 노는 사람들 독서토론(『딸깍발이』, 이희승)

2022.12.23. 제6회 사랑모아독서대상 시상식(학이사도서
관),(사랑모아독서대상: 김준현, 한국출판학회장

상: 김남이, 학이사독서아카데미상: 이경애)(기
업상: SC DESIGN LAB, 건국철강, 다품문화예
술협회, 라일락뜨락1956, 북맨제책사, 뷰티코하
트, 사과나무치과, 엄복득장학회, 연합출력, 예
진디자인, 월드인쇄, 월드투어, 정명희소아청소
년과의원, 지역과인재, 한일GnT Speech, 한터
시티건축)

*

2023.01.16. 책으로 노는 사람들 독서토론(『세월』, 아니 에르노)

2023.02.20. 책으로 노는 사람들 독서토론(『지금 조선의 시
를 쓰라』, 박지원)

2023.03.20. 책으로 노는 사람들 독서토론(『대성당』, 레이먼
드 카버)

2023.04.17. 책으로 노는 사람들 독서토론(『라쇼몽』, 아쿠타
가와 류노스케)

2023.05.15. 책으로 노는 사람들 독서토론(『죄와 벌1』, 표도
르 도스토예프스키)

2023.06.19. 책으로 노는 사람들 독서토론(『죄와 벌2』, 표도
르 도스토예프스키)

2023.07.17. 책으로 노는 사람들 독서토론(『순교자』, 김은국)

2023.08.20. 서평모음집 · 8 『書를 序하다』 발간

2023.08.21. 책으로 노는 사람들 독서토론(『안네의 일기』, 안
네 프랑크)

2023.09.07. 학이사독서아카데미 9기 개강(주강: 문무학 시
인, 장소: 학이사도서관)

2023.09.18. 책으로 노는 사람들 독서토론(『무녀도』, 김동리)

2023.10.16. 책으로 노는 사람들 독서토론(『1984』, 조지 오웰)

2023.11.20. 책으로 노는 사람들 독서토론(『가을날의 꿈 외』,
욘 포세)

2023.11.30. 학이사독서아카데미 9기 수료식(학이사도서관)

2023.12.18. 책으로 노는 사람들 독서토론(『트렌드 코리아
2024』, 김난도 외)
(5대 회장: 김준현)

2023.12.30. 책으로 노는 사람들 매일신문 토요일판 '내가 읽
은 책' 코너 끝(총 335회)

*

2024.01.15. 책으로 노는 사람들 독서토론(『무기여 잘 있거라』, 어니스트 헤밍웨이)

2024.02.17. 시민과 함께하는 문학기행 – '하동, 섬진강 물길을 따르다'(경남 하동)

2024.02.19. 책으로 노는 사람들 독서토론(『베니스의 상인』, 윌리엄 셰익스피어)

2024.03.04. 책으로 노는 사람들 독서토론(『도둑 맞은 집중력』, 유발 하리)

2024.03.18. 책으로 노는 사람들 독서토론(『관촌수필』, 이문구)

2024.04.01. 책으로 노는 사람들 독서토론(『인간의 뇌』, 리타 카터)

2024.04.10. 서평모음집 · 9 『步로써 保하다』 발간

2024.04.15. 책으로 노는 사람들 독서토론(『젊은 베르테르의 슬픔』, 요한 볼프강 폰 괴테)

2024.04.29. 책으로 노는 사람들 독서토론(『국가란 무엇인가』, 유시민)

2024.05.20. 책으로 노는 사람들 독서토론(『보통 이하의 것

들』, 조르주 페렉)

2024.06.03. 책으로 노는 사람들 독서토론(『마당 깊은 집』,
　　　　　　　김원일)

2024.06.06. 시민과 함께하는 문학기행 – '진주의 터줏대감,
　　　　　　　진주문고를 찾아서'(경남 진주)

2024.06.17. 책으로 노는 사람들 독서토론(『이반 데니소비치
　　　　　　　의 하루』, 알렉산드르 이자에비치 솔제니친)

2024.07.03. 책으로 노는 사람들 독서토론(『장난감 도시』, 이
　　　　　　　동하)

2024.07.15. 책으로 노는 사람들 독서토론(『나는 고양이로소
　　　　　　　이다』, 나쓰메 소세키)

2024.08.07. 책으로 노는 사람들 독서토론(『마음』, 나쓰메 소
　　　　　　　세키)

2024.08.19. 책으로 노는 사람들 독서토론(『네루다의 우편배
　　　　　　　달부』, 안토니오 스카르메타)

2024.09.05. 학이사독서아카데미 10기 개강(주강: 문무학 시
　　　　　　　인, 장소: 학이사도서관)

2024.09.23. 책으로 노는 사람들 독서토론(『살아있는 갈대』,

펄 S. 벅)

2024.10.01. 시민과 함께하는 문학기행 – ‘조선의 선비, 구곡
을 노닐다’(충북 괴산 화양구곡)

2024.10.21. 책으로 노는 사람들 독서토론(『이반 일리치의 죽
음』, 레프 톨스토이)

2024.11.18. 책으로 노는 사람들 독서토론(한강 작품)

2024.11.28. 학이사독서아카데미 10기 수료식(학이사도서관)

2024.12.01. 서평 전문잡지《책 노린 책》창간호 발간

2024.12.16. 책으로 노는 사람들 독서토론(『오 헨리 단편선』,
오 헨리)

(6대 회장: 김용주)

＊

2025.01.20. 책으로 노는 사람들 독서토론(『외투』, 니콜라이
고골)

2025.02.17. 책으로 노는 사람들 독서토론(『작은 땅의 야수
들』1부~2부 15장, 김주혜)

2025.03.17. 책으로 노는 사람들 독서토론(『작은 땅의 야수

들』2부 16장~4부, 김주혜)

2025.04.21. 책으로 노는 사람들 독서토론(『동주 시, 백 편』,
이숭원)

2025.05.10. 서평 전문잡지 《책 노린 책》 제2호 발간

2025.05.15. 서평모음집 · 10 『庸을 用하다』 발간

2025.05.19. 책으로 노는 사람들 독서토론 100회 행사 및
《책 노린 책》 제2호 북토크(대구출판산업지원센
터 다목적홀)